青 鸟

[比]莫里斯·梅特林克 著　李畅　张裕禾 译

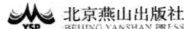

目录

001　译序

青　鸟

003　第一章　樵夫的小屋

021　第二章　仙女的宫殿

032　第三章　怀念之地

043　第四章　夜宫

058　第五章　未来国度

077　第六章　光明神殿

081　第七章　墓园

088　第八章　森林

102　第九章　告别

109　第十章　梦醒

佩利亚斯与梅丽桑德

122　第一幕

132　第二幕

143　第三幕

159　第四幕

172　第五幕

译　序

　　著名的象征主义戏剧家莫里斯·梅特林克一八六二年出生于比利时根特的一个富裕家庭，父亲是公证人，外祖父是律师。在家庭的安排下，他被送往根特大学学习法律。之后，他又赴法国继续研修法律。在巴黎他接触了象征主义文学运动，被引领上艺术创作之路。

　　梅特林克擅长诗歌和散文，但他最大的成就还是在戏剧方面。他在二十七岁时写出他的第一部戏剧《玛莱娜公主》，受到评论家的赞赏。他关心生命的意义，致力于探索"生活的渊源和隐秘之处"，认为生活中神秘不可解的力量以隐蔽的方式主宰着我们每个人的命运，这使他的作品流露出宿命论的神秘主义色彩。

　　梅特林克一生创作了二十多部戏剧，其中最著名的是《青鸟》，它被视为梅特林克戏剧的巅峰之作。

　　舞台剧《青鸟》作于一九〇九年，讲的是一对贫家小兄妹离家出走寻找青鸟的故事。它糅合了童话、寓言和幻想，处处闪烁着梅特林克对人生、幸福和现实社会问题进行哲学思考的亮光。

　　青鸟在剧中是幸福的象征。这对小兄妹受仙女的嘱托，与幻化人形的光、水、火、面包、牛奶、糖,还有狗和猫结伴同行,走上神奇的旅途。他们探访居住着已故亲人的怀念之地,走进危险重重的夜宫和仇视人类的蛮荒森林,踏足通常不允许人类偷窥的未来国度,上天入地去寻找青鸟。他们在不同的地方一次次惊喜地找到青鸟,却又一次次沮丧地失去它。最后他们空着手回到家中,却又在一觉醒来后,惊喜地发现,青鸟原来就在自己家中,他们把青鸟赠送给邻居的小女孩,治好了她的病。

通过这个故事,梅特林克试图传递出这样的主题:大多数人始终不知道幸福是什么,其实幸福就藏在我们身边日常琐碎的事物之中,只要用心去寻找,就能感悟到。幸福可能来自对旧日时光的回忆,可能来自梦境,可能来自对未来的希望,可能来自心灵和感官从日常琐碎事物中瞬间感悟到的新鲜愉悦,同时,幸福也洋溢在我们与他人分享自己的幸福的慷慨行为中。

在戏剧的结尾,青鸟又从邻居小女孩的手中脱身飞走。这最后的情节也是充满象征意义的:人类不可能一劳永逸地获得幸福,幸福只存在于永远的追求之中。

《青鸟》的成功为梅特林克赢得了巨大的声誉。两年后,梅特林克被推荐为诺贝尔文学奖的候选人。诺贝尔文学奖一向竞争激烈。在同一年,英国推荐了著名小说家哈代和戏剧家萧伯纳,而法兰西学院的十九名院士则联名推举另一位小说家罗狄,并详细地开出罗狄的著作书目及发行数量、评论文字等,足有六十页之多。相形之下,瑞典驻罗马的公使毕尔特为梅特林克所写的推荐书只有简单的五行文字。然而,正如俗话所说,有意栽花花不发,无心插柳柳成荫,一九一一年度诺贝尔文学奖的桂冠,还是翩然落在了时年四十九岁的梅特林克头上。评选委员会对他的赞辞是:"他多方面的文学活动,尤其是他的戏剧作品具有丰富的想象和诗意的幻想等特色,这些作品有时以童话的形式显示出一种深邃的灵感,同时又以一种神妙的手法打动读者的感情,激发读者的想象。"

梅特林克在意大利得知自己获奖的消息后给瑞典文学院寄去了一封表示感激的信。信中说:"这是一个作家所能获得的最大的荣耀了。"他本打算亲自前往斯德哥尔摩领奖,但因健康上的原因未能成行,由比利时驻瑞典公使渥特斯代为领奖和发表答谢辞。

第二次世界大战期间,梅特林克流亡美国,直到德国纳粹法西斯垮台后,他才于一九四七年重返欧洲。两年后,他病逝于法国的尼斯。

《青鸟》卓越的艺术感染力历久不衰,至今它仍是深受欢迎的童话剧,被翻译成各国语言,长踞世界舞台,并多次被搬上电影银幕。

而梅特林克的妻子、法国歌剧女演员兼作家乔治特·莱勃伦克为少年儿童阅读之便又将《青鸟》的剧本加工改写成一部散文童话,即本书《青鸟》。它使梅特林克原著中那些瑰奇华丽的哲思妙喻更浅显易见地展示出来,方便少年儿童领悟和理解。

除《青鸟》外,梅特林克杰出的代表作是《佩利亚斯与梅丽桑德》。这个五幕剧创作于一八九〇年,它的问世,宛如春风吹过,为法国戏剧舞台带来了一股清新、蓬勃的活力。盲人泉、宫殿、石窟、森林、鸽子、长发等具有象征意味的意象,如梦如幻、富有诗情画意的舞台氛围,含蓄、压抑、亦浓亦淡的情感纠葛,具有一种朦胧暧昧而又动人心魄的魔力。一八九三年,法国著名作曲家德彪西在巴黎观看《佩利亚斯与梅丽桑德》首演,被其忧郁和诗意深深打动,便不顾挚友劝阻,几经周折取得了《佩利亚斯与梅丽桑德》的音乐剧改编权。《佩利亚斯与梅丽桑德》音乐剧自一九〇二年首演,迄今为止在巴黎、布鲁塞尔、米兰、纽约、波士顿、慕尼黑、柏林、伦敦、罗马等全球许多大都会演出,好评如潮,成为世界音乐剧的经典之作。不可否认,德彪西赋予了《佩利亚斯和梅丽桑德》新的生命力,但是梅特林克原作在象征主义上取得的艺术成就同样是璀璨夺目、彪炳史册的。

译者希望,读者能借由《青鸟》和《佩利亚斯和梅丽桑德》走近梅特林克,走近象征主义,走进世界文学缤纷绚丽的大花园。

李 畅

青鸟

李畅 译

LIBRARY OF WORLD LITERATURE

第一章　樵夫的小屋

从前,有一个樵夫和他的妻子住在一座古老的大森林边上的一间小屋里。他们有两个可爱的孩子,这两个孩子偶然地经历了一次最最奇妙的探险。

在我把故事完完本本地告诉你们之前,我必须先向你们描绘一下这两个孩子,让你们对他们的性格有些了解。因为,假如他们不是如此可爱,如此勇敢,如此大胆,你们将要听到的这个奇异的故事压根儿就不会发生。

我们的小主人公名字叫蒂蒂尔,他十岁;他有个妹妹叫米蒂尔,才六岁。

蒂蒂尔是一个高个的漂亮男孩,长得结结实实。因为他老是喜欢嬉耍打闹,一头乌黑的卷发经常乱糟糟地缠在一起。他非常讨人喜欢,爱笑,有一张开朗的脸庞,目光清澈明亮,而更重要的是,他具有少年人那种大胆无畏的精神,那正反映出他心灵的高贵。

他的妹妹和他很不一样,长得非常甜美漂亮,穿一件长长的连衣裙,母亲把那上边的补丁都缝得整整齐齐的。她的头发和哥哥的一

样乌黑光亮,而那羞涩的大眼睛蓝得就像田野里的勿忘我花。什么都能惊吓到她,最微不足道的小事也会让她哭个不停;不过,她那小小孩的灵魂里,已经具有了最女性化的品质:充满爱心和温柔,一往情深地追随哥哥,不离不弃,只要有他陪伴,她可以毫不犹豫地迈向漫长而艰险的旅程。

我要讲述的,就是这一对男女小主人公如何在一个夜晚出发,走进世界,去寻求幸福的故事。

蒂尔爸爸的小屋,是这个乡下最贫穷破烂的一间。由于它正好坐落在一座住着有钱孩子的美轮美奂的大宅邸对面,所以它看上去就更显得寒酸了。每当夜里,对面大宅邸的餐厅和客厅华灯通明,你可以透过小屋的窗口,看到那里面的一举一动。而在白天,你可以看到有钱的孩子们在露台、花园和温室里嬉耍。经常有客人从城里来参观,这些温室里种满了最稀奇名贵的花卉。

一天晚上——这可不是个普普通通的晚上,因为这天正好是圣

诞平安夜——蒂尔妈妈把一对小宝贝送上床,比平时更慈爱地亲吻他们。她心情有点忧郁,因为外面刮着暴风雪,蒂尔爸爸没法到林子里去干活,所以她没钱买圣诞礼物塞进蒂蒂尔和米蒂尔的袜子里。孩子们很快睡着了,万籁俱寂,静悄悄的夜里只听到猫和狗在打呼噜,还有那台古老的时钟在嘀嗒嘀嗒响。突然,一道明亮如白昼的光芒穿过百叶窗钻进来,桌上的台灯自己亮了,两个孩子醒来,打着呵欠,用手揉着眼睛,在床上伸展双臂。蒂蒂尔用惊奇的声音叫道:

"米蒂尔?"

"嗯,蒂蒂尔?"她回应道。

"你睡着啦?"

"你呢?"

"当然没有,"蒂蒂尔说,"我在跟你说话,怎么可能是睡着了呢?"

"哎,现在是圣诞节了吗?"他妹妹问。

"还没,明天才是圣诞节。不过圣诞老人今年什么礼物都不会带来给我们了。"

"为什么?"

"我听妈妈说,她没能去镇上告诉他。不过他明年会来。"

"明年要等很久很久吗?"

"很久很久,"男孩说,"不过他今晚会到有钱孩子那里去。"

"真的吗?"

"哇!"蒂蒂尔突然叫道,"妈妈忘了把台灯拿走!……我有个好主意了!"

"什么主意?"

"我们快起床。"

"不可以的。"米蒂尔说,她一向是很听话的。

"怕什么,周围一个人都没有!……你看到那百叶窗了吗?"

"哇,好明亮哎!"

"那是开晚会的灯光。"蒂蒂尔说。

"开什么晚会?"

"对面那些有钱孩子的晚会。那就是圣诞树。我们来把百叶窗打开……"

"能行吗?"米蒂尔胆怯地问。

"当然行,又没有谁拦着我们……你听见那音乐声了吗?……快起床。"

两个孩子跳下床,跑到窗边,爬上窗前的凳子,推开百叶窗。耀眼的亮光涌进房间,两个孩子热切地向外张望。

"我们什么都看到了!"蒂蒂尔说。

"我看不到。"可怜的小米蒂尔说,她被挤得几乎在凳子上立不住脚。

"下雪喽!"蒂蒂尔说,"路上有两辆马车,每辆车有六匹马拽着!"

"有十二个小男孩走出来了!"米蒂尔说,她努力往窗外窥望。

"别犯傻!……她们是女孩耶……"

"他们穿着灯笼裤……"

"别吵!……静静瞧着!……"

"那些金闪闪的东西是什么,挂在树枝上的?"

"那还用问?是玩具呀,肯定的!"蒂蒂尔说,"剑啦,枪啦,士兵啦,大炮啦……"

"那些呢,摆满桌上的?"

"蛋糕、水果和奶油馅饼。"

"噢,那些小孩多漂亮啊!"米蒂尔拍着手叫道。

"他们笑啊笑得多快乐啊!"蒂蒂尔兴高采烈地回应她说。

"那些年幼的小孩在跳舞呢!……"

"是呀是呀,我们也跳舞吧!"蒂蒂尔叫喊说。

于是两个小孩开始开心地在凳子上跺起脚来。

"啊,真开心呀!"米蒂尔说。

"他们在分蛋糕了!"蒂蒂尔嚷道,"他们拿到手了!……他们吃蛋糕了,他们吃蛋糕了,他们吃蛋糕了!……太棒了,太棒了!……"

米蒂尔开始在脑海中数着幻想中的蛋糕。

"我有十二块蛋糕!……"

"我有四个十二块蛋糕!"蒂蒂尔骄傲地宣布,"不过我可以分一些给你……"

就这样,我们这对小朋友高兴地跳舞、说笑、尖叫着,如此可爱地为其他小朋友的幸福快乐而由衷高兴,忘掉了自身的贫困和需要。他们很快就因此而得到了奖赏。突然地,他们听见了响亮的敲门声。两个孩子吓了一跳,他们停止了嬉耍,手脚都不敢乱动。只见木门闩发出嘎吱嘎吱的响声,自动跳了起来;大门慢慢地打开,一个矮小的老妇人悄悄溜进房间。她穿一身绿衣服,头上戴了一顶红帽子,驼着背,跛着脚,还瞎着一只眼睛,她的弯钩鼻子几乎碰到下巴。她走路时撑着一根拐杖。很明显,她是一个老仙女。

她蹒跚地走近两个孩子,用瓮声瓮气的声音问:

"你们这里有唱歌草或者青鸟吗?"

"我们有一些草,"蒂蒂尔回答说,他全身颤抖着,"但它们不会唱歌……"

"蒂蒂尔有一只鸟。"米蒂尔说。

但小男孩马上抢着说:"但是我不可以把它给你,因为它是我的。"

这不是个很重大的理由吗?

老仙女戴上她那副巨大的圆框眼镜,仔细打量那只鸟。

"它的颜色不够青。"她大声宣布说,"我一定要有一只青鸟。那是为我女儿找的,她病得很重……你们知道青鸟代表什么吗?不知道?我猜你们也不知道,好吧,看在你们是乖孩子的分上,我告诉你们。"

老仙女抬起弯曲的手指,指着她那又长又尖的鼻子,用神秘的腔调,小声耳语:

"青鸟代表快乐。你们要明白,我的小女儿必须得到快乐,这样她的病才会好。因此我命令你们到世界上去为她找到那只青鸟。你们要立刻出发……你们知道我是谁吗？"

两个孩子困惑地你看着我，我看着你。事实上他们以前从未见过仙女，而她的外貌使他们有点畏惧。不过，蒂蒂尔很快就有礼貌地说：

"你看上去很像我们的邻居贝林葛太太……"

蒂蒂尔这样说时，认为自己已经是在大大恭维老仙女了，因为贝林葛太太的店铺就在他们住的小屋旁边，那是个非常讨人喜欢的地方。那里有糖果、玻璃弹珠、巧克力雪茄和男男女女的糖人儿。而且，在赶集的日子里，那里还有全身披满金光炫目彩纸的巨大姜饼玩偶。谷迪·贝林葛长着和老仙女一样丑陋的长鼻子，她同样也很老了，而且也像老仙女一样走路时腰背弯得像要折叠起来。不过，她为人很和蔼，有一个心爱的小女儿，她过去常在礼拜天和樵夫的孩子们一起玩耍。不幸的是，这个金发小姑娘一直受着某种不知名疾病的折磨，一犯病就要躺在床上。当她犯病躺在床上时，她总是央求蒂蒂尔让她能和他那只鸽子玩耍。但蒂蒂尔很钟爱自己的鸽子，总是舍不得给她。蒂蒂尔想，所有这些都和老仙女告诉他的事情很相像，所以他把她看作是贝林葛太太。

让他大为惊讶的是，老仙女竟气得满脸通红。她最喜欢人家说她谁也不像，因为她可是能改变自己容貌的仙女呀，只要她喜欢，一眨眼就能办到。那天晚上，她只是碰巧变得又老又丑又驼背，瞎了一只眼，两绺灰发披散在肩头。

"我外貌如何？"她问蒂蒂尔，"漂亮还是丑陋？年老还是年轻？"

她问这些问题，是为了尝试对这个小男孩表现出善意。蒂蒂尔扭开脸,不敢回答。于是她恼怒地大声嚷道:"我是贝丽伦仙女!"

"噢,完了!"蒂蒂尔说,此刻他四肢都颤抖起来。

这使得老仙女的怒气缓解下来。看见两个孩子还穿着睡衣,她叫他们去换衣服。她亲手帮米蒂尔穿上衣服,边穿边问:

"你的爸爸妈妈哪儿去了?"

"在那边,"蒂蒂尔指着右边的门说,"他们睡了。"

"你们的爷爷奶奶呢?"

"他们死了……"

"你们的兄弟姐妹呢?……你们还有兄弟姐妹吗?"

"有的,有三个兄弟!"蒂蒂尔答道。"还有四个姐妹。"米蒂尔补充说。

"他们在哪里?"老仙女问。

"他们也死了。"蒂蒂尔回答说。

"你们想再见到他们吗?"

"想啊!……快!……让他们出来让我们看看!"

"我可没把他们装在口袋里,"仙女说,"不过很走运,只要你们走过怀念之地,就能见到他们。它就在寻找青鸟的路上,沿左边走,转过第三个拐角……我敲门的时候你们正在做什么?"

"我们在玩吃蛋糕。"蒂蒂尔说。

"你们有蛋糕吗?……蛋糕在哪里?……"

"在有钱孩子的房子里……你来瞧瞧,它们多漂亮!"

蒂蒂尔把老仙女拉到了窗边。

"可那些蛋糕是属于那些吃蛋糕的人的呀。"老仙女说。

"没错,不过我们也可以看着他们吃。"蒂蒂尔说。

"你们不能到那边去和他们一起吗?"

"干吗那么做?"

"好和他们一起吃掉那些蛋糕啊。我觉得他们不分一点给你们是大错特错了。"

"没这回事,他们是有钱人!……再说吧,那边不是很漂亮吗?"

"其实这边也一样漂亮,只是你看不到……"

"谁说啦,我肯定能看得到,"蒂蒂尔争辩道,"我的眼睛好着呢。我能看到教堂大钟上的时间,我爸就看不到!"

老仙女突然又发火了。

"我说你看不到就是看不到!"她说。

她越说越光火,尽管只是冲着看不看得到教堂大钟这样的小事。

当然啦,这小男孩不是瞎子,他心肠这么好,应该得到幸福和快乐。她要教会他看清所有事物中哪些才是好的和美丽的。这可不是件容易的事儿,她很清楚,大多数人活到死的那天都不懂得欣赏那些围绕在他们身边的那些幸福。不过,由于她是仙女,她是万能的,因此她决定给他一顶缀有魔力宝石的帽子。这颗宝石具有展示出永恒真相的非凡魔力,可以帮助他看透事物的内在本质,让他明白每一事物都自有其生命和生存方式,它们是和我们的生命同样被创造出来的,并且令我们的生命愉悦快乐。

仙女从身边的大布袋中取出这顶小帽子。它是绿色的,有个白色的帽章,帽章中央有颗大宝石闪闪发光。蒂蒂尔喜出望外。老仙女向他解释了使用宝石的方法:一揿它的顶上,就能看到事物的灵魂;稍稍向右旋动,就会发现身在"过去",而向左旋动,就能看到"未来"。

蒂蒂尔快乐得脸上发光,手舞足蹈。之后他马上开始担心会失掉小帽子了。"爸爸会把它没收的!"他大声说。

"没关系,"老仙女说,"只要它戴在你头上,谁都看不见它……要试试吗?"

"要,要!"孩子们拍手大声说。帽子刚一戴在男孩的头上,周围的一切东西都马上像变魔术一样变了个样。老仙女变成了年轻貌美的公主,身上穿的是绫罗绸缎,戴着闪烁耀眼的珠宝;小屋的墙壁变成透明的啦,像名贵宝石一样折射着微光;粗陋的家具变得像大理石一样光滑发亮。两个孩子左右奔跑,拍着手,兴奋地大叫大嚷。

"啊,多漂亮啊,多漂亮啊!"蒂蒂尔大喊。

而米蒂尔,茫然无措地,就像中了魔咒一样怔立在身穿华丽衣裙的美人面前。

但更大的惊喜还在后头。仙女不是说过万事万物都有生命,像人一样会说会动吗?瞧啊,老时钟的门突然打开了,静夜里顿时充满了甜美的音乐,十二个衣着考究、笑容满面的小小舞娘围着两个孩子跳跃和旋转。

"她们就是你们生活中的时光。"仙女说。

"我可以和她们一起跳舞吗?"蒂蒂尔怯生生地问,他羡慕地注视着那些可爱的舞蹈小人,她们就像飞鸟一样在地板上滑掠来去。

话音刚落,他却突然忍不住放声大笑了!那个逗乐的胖子是谁啊,上气不接下气地,浑身上下都是面粉,正一边挣扎着从烘盘里爬出来,一边向两个孩子鞠躬致意。那就是面包哇!胖子面包要利用获得自由的机会下地溜达一下!他长得就像个矮胖滑稽的老绅士,脸像发酵膨胀的生面团,粗胳臂末端的两只大手搁在圆滚滚的大肚子上,互相都够不着。他穿着彩色的硬壳紧身衣,胸前有横条纹,就像我们早餐时吃的那些涂奶油的面包卷。他的头上——你想象一下!——戴了一个巨大的白面包,它被做成滑稽的穆斯林头巾的模样。

他困难地从烘盘里爬出来,而其他烘焙糕饼,外貌和他差不多,但要苗条些,也跟着爬出来,开始和时光小人一起蹦蹦跳跳,一点也不顾忌面粉飞溅到那些漂亮的舞娘身上,让她们裹上厚厚的白粉。

那舞蹈奇异而迷人,两个孩子看得兴高采烈。时光舞娘和烘饼们一起跳起华尔兹,碟子们也加入狂欢中,冒着掉下来被摔成碎片的风险,在梳妆台上上下旋转;碗橱的玻璃杯一起叮叮当当,为彼此和所有人的健康干杯。而餐叉则在和餐刀大声交谈,嘈吵得连自己在说什么都听不见……

如果再这样喧闹下去,真不知道会发生什么事。蒂尔爸爸和蒂尔妈妈肯定会被吵醒。幸好,就在吵闹进入最高潮的时候,从烟囱里喷出一大团火焰,房间立马充满了火红灼热的感觉,就像房子烧着了一样。所有人都惊慌地窜逃到角落里,蒂蒂尔和米蒂尔惊吓得啜泣着,把头藏进善良仙女的斗篷底下。

"别害怕,"她安抚他们说,"那是火先生,他想加入和你们一起玩。他是个好人,不过你们最好还是不要碰他,因为他脾气很暴躁。"

两个孩子透过仙女斗篷边的金色饰带缝隙,胆怯地偷偷往外张望,他们看见一个高大、火红的家伙正看着他们,嘲笑他们的恐惧。他穿着猩红色的、有亮片装饰的紧身衣,双肩垂挂着红绸围巾,当他挥动双臂时,它们就像火苗在跳跃。他的头发一绺绺竖起,直立在头上。他开始甩手甩脚,像疯子一样在房间里绕着圈蹦跳。

蒂蒂尔稍稍放了点心，但还不敢离开他的避难所。接着仙女贝丽伦有了个好主意：她用魔杖指向水龙头，那里马上出现了一位年轻姑娘，她像正经的喷泉一样滴着水。她是水。她长相很美，不过神情很忧郁。她的歌声非常优美，就像山泉一样玎琮作响。她发长及踵，像海草一样飘拂着。她什么装饰品都没有，只穿着一袭长袍，但清水在她全身流溢，宛如闪烁生辉的衣裙。她一开始有点踌躇犹豫，睁着眼环顾四周，之后，看到火还在那里自命不凡地不停打转，她生气了，充满义愤地向他冲去，往他脸上溅水，想方设法泼湿他的身体。火勃然大怒，头上直冒烟。不过，他很快发现自己不是这宿敌的对手，还不如聪明点撤回角落里。水也同样放弃争斗下去，于是看似重新恢复了和平。

两个孩子终于从惊恐中恢复过来，正要问仙女接着还有什么事发生。忽然，打碎陶器的响声把他们的目光吸引到桌上。真糟糕！牛奶罐掉在地板上，摔成上千块碎片，从碎片中站起一位明媚动人的女士，她发出一声惊恐的尖叫，十指紧扣，抬眼向天，露出恳求的目光。

蒂蒂尔急忙去安慰她，他马上就认出她就是牛奶；他非常喜欢她，愉快地给了她一吻。她就像年轻的挤奶女工一样清新可爱，她沾满奶油的连衣裙上散发出干草的芳香。

与此同时，米蒂尔在盯着棒棒糖，它也好像正在变形为有生命的人。它包裹在绿色糖纸里，搁在门边的架子上，此刻毫无理由地左扭右摇，左摇右扭。终于一条瘦长的胳臂伸出来了，跟着尖尖的脑袋顶破糖纸钻了出来，跟着是另一只胳臂和两条似乎没完没了的长腿……你可以看看糖长得那模样有多搞笑，实在是太搞笑了，孩子们

瞧着他的脸忍不住放声大笑。不过,他们应该对他有礼貌一点,因为他们听到仙女用这样的话来介绍他:

"蒂蒂尔,这位就是糖的灵魂。他的口袋里塞满了糖果,他一根指头就是一根棒棒糖。"

有这样一个浑身是糖果的伙伴该多棒啊,什么时候你想吃糖就能从他身上咬一块下来。

"汪、汪、汪!……早上好!早上好!我的小上帝!……终于、终于,我们能交谈了!……不管我吠叫也好摇尾也好,你从来都不明白!……我爱你!我爱你!"

这位奇怪的仁兄会是谁?他挤开所有人,他那兴高采烈的聒噪声响彻房间。我们马上就认出来了,他就是小狗蒂洛,就是那只极尽困难想理解人类的好狗,就是那只跟着孩子们到森林里去的温驯动物,就是那位守护门户的忠实卫士,就是那位永远真诚永远忠顺的坚贞朋友!他此时用两只后爪行走,就像一双对他来说稍嫌过短的腿,而一双前爪则在扑打着空气,像一个笨拙的孩子那样做出各种姿势。他并没有变形:仍然穿着他那平滑的深黄色的外套,仍然是那个讨人喜欢的斗牛犬脑袋,一张乌黑的嘴。但他变高大了,而且会讲话了!他说话又急又快,就像要一气补回他那一族注定世世代代沉默寡言的遗憾。他滔滔不绝地说这说那,如今他终于好不容易有机会剖明心迹了,看着他亲吻他的小主人和小女主人,管他们叫"我的小上帝!"——真是一幅令人感动的场景。他一会儿挺直身子端坐,一会儿满屋子蹦跳,碰撞在家具上,用他那温柔的大爪子撩逗米蒂尔,伸伸舌头,摇摇尾巴,喷着鼻子,喘着粗气,就像他是在野外打猎的模样。我们立刻就能明白他生性就是这样朴实憨厚。他认定自己很重要,在这个物化人形的新世界里只有他一个是不可或缺的。

对两个孩子表演完所有大惊小怪的举动后,他开始巡视这群伙伴,审视有哪个家伙在他看来是多余的。他那刚获得自由解放的快乐,是奠基于无拘无束的发泄之上的,同时,由于他是最热情洋溢的生灵,如果他化身为人,将会是最幸福的一个,但很不幸地,他仍然保留着作为小狗时的缺点。他好妒忌!他无可救药地深怀妒忌!当他看见猫咪蒂列特也轮到变身,就像他刚才那样受到两个孩子的抚爱和亲吻时,他心里充满了痛苦。啊,他恨死这只猫了!忍受她待在他身旁,眼睁睁看着她总是享受着全家人的宠爱,对他来说不啻于是命运强加于他的巨大牺牲。然而,他无言地接受了这命运,因为这能讨他的小上帝欢心。一直以来,他都放任那只猫,对她避而远之。但由于她的存在,他的良心饱受愧疚的折磨!他曾在晚上偷偷爬进谷迪·贝林葛家的厨房,欺负那只老猫汤姆,而那老猫其实从未做过任何对不起他的事;他还曾打折了对面大厦那只波斯猫的脊梁;他更时不时蓄意去狩猎镇上的流浪猫,给它们送终,所有这些都是为了发泄他的怨恨。而如今蒂列特竟也能说话了,就像他自己一样!蒂列特居然在这个对他敞开的新世界里与他平起平坐!

"啊,这世界全无公道!"这个苦涩的念头缠绕着他,"全无公道!"

与此同时,那只猫咪已开始洗净自己,把爪子打磨光滑,平静地把前爪伸向小女主人。

她确实是一只可爱的猫咪。如果我们的朋友蒂洛的炉火不是熊熊燃烧的话,我们很可能暂且对他置之不理的!蒂列特的双眼就像镶嵌进祖母绿宝石中的黄玉,谁能不受它们的魅惑?谁能强抑那种乐趣,不去抚摩那美妙如黑天鹅绒的猫背?谁能不爱她的优雅、她的彬彬有礼、她的高贵姿态?

她亲切地微笑着,用精心斟酌的字眼对米蒂尔说:

"早安,小姐!……今天您看上去真美丽!……"

孩子们疼爱地轻轻拍拍她。

蒂洛在房间的另一头死死盯着这只猫:

"这会儿她倒像个人似的用后腿站立了,"他咕哝着,"她的样子就像恶魔,瞧她那两只尖耳朵,瞧她那长尾巴,还有那身黑得像墨汁的衣服!"他忍不住从齿缝里发出咆哮。"她还活像乡下的扫烟囱老婆子,"他继续咕哝,"我最讨厌这种人了,我绝不会把这种人当作正经人,不管我的小上帝会怎么说……幸好,"他叹息一声,补充说,"我知道的事比他们要多得多!"

突如其来地,他再也无法抑制自己,直冲向猫吠起来,他放声大笑,那笑声听上去更像是咆哮:

"我要吓唬吓唬蒂列特!汪、汪、汪!"

然而,猫早在做动物时就已极为高贵,如今更认为自己是受到最崇高命运的召唤而来的。她考虑是时候在她自己和狗之间画出一道不可逾越的界线了,在她眼中,那只狗从来就只不过是一个没教养的家伙而已。于是,她不屑地后退一步,冷淡地说:

"先生,我不认识你。"

蒂洛以一个纵跃回应这侮辱,于是猫愤怒地竖起毛发,小粉红鼻子下的腮须也扭歪了(她可是极为那疢块白斑感到自豪的,它们为她乌黑的美貌增添了神来之笔);她弓起脊背,直竖起尾巴,从牙缝里发出威胁的声音:"嘶!嘶!"她一动不动地屹立在五斗柜之上,就像中国花瓶顶盖上面的龙。

蒂蒂尔和米蒂尔笑得前仰后合,不过,如果不是正好那时发生了一件大事的话,这场争吵肯定要酿成惨剧。晚上十一点,在这寒冬的午夜时分,一道巨大的光亮,像白昼的日光一样辉煌耀眼,突然闯进了这小屋。

"哇,太阳也出来了!"男孩说,他已再搞不懂什么是什么了。"爸爸会怎么说哟?"

不过,没等仙女让他安分下来,蒂蒂尔就认出来了,满心惊叹地,他跪倒在魅惑了他双眼的这最新出现的幽灵之前。

在窗边,在那日光一样的光晕中心,冉冉站起一位超凡脱俗的美人,有如修长的金束,罩在她脸上闪闪发光的面纱掩盖不了她的美貌,她赤裸的双臂仿佛透明一般,向外张开做出施予的姿势,她清澈动人的双眼落在谁身上,谁就会感到如同被温柔地拥抱。

"那是女王!"蒂蒂尔说。

"是圣母玛丽亚!"米蒂尔嚷道,跪倒在哥哥身边。

"错了,孩子们,"仙女说,"她是光。"

光微笑着走近两个孩子。作为天堂之光,作为大地美与力的代表,她为被委以这谦卑的任务而自豪;从来未被任何人俘获过,生存于宇宙空间,把其财富慷慨地平等地施予所有人的她,因为一个简单的符咒,便同意受拘束于人类的形体内,以引领两个孩子走出世界,教导他们认识另一种光:心灵之光,那种光我们永远看不见,但却能帮助看清所有事物的真相。

"是光啊!"所有的东西和动物一起叫道。由于所有人都喜爱光,他们开始围着她跳起舞来,愉快地叫喊着。

蒂蒂尔和米蒂尔也随之欢呼雀跃。他俩从未想象过如此有趣、如此美好的聚会,他俩欢叫得比谁都响亮。

接着,该发生的事终于发生了。墙上突然传来三下敲击声,响亮得足以把房子震倒!那是蒂尔爸爸,他被喧闹声吵醒,威胁说要过来制止他们了。

"快转一下宝石!"仙女喊蒂蒂尔。

我们的主人公赶紧照办,但他还不太熟稔操作方法,此外,想到他爸爸正向房间走来,他的手就直发抖。事实上,他太笨手笨脚,几乎把事情搞砸了。

"别着急,别着急!"仙女说,"亲爱的,你转得太快了:他们不够时间归位,会给我们增添出更多麻烦的。"

此时房间一片混乱。小屋的墙壁失去了它的光彩。所有人东窜西逃,要变回他们通常的形态:火找不到他的烟囱,水找不到她的水龙头,糖站在被撕破的糖纸前呻吟,而面包,烘焙家族中最臃肿的那位,无法挤进他自己的烘盘里,因为其他烘饼抢先跳了进去,横七竖八地把空间都挤满了。至于那狗,他变形后太高大,没法再钻进狗屋的门洞;而猫也同样无法躺进她憩息的篮筐。只有那些时光舞娘,她们已习惯于跑得比人类所想象的更快,毫不迟疑地迅速躲回时钟里面。

光镇静地站立不动,为其他人树立一个冷静处事的榜样,但那却是徒劳的,那些人都围在仙女周围流泪哭啼:

"出什么事了?"他们问,"有危险吗?"

"嗯,我必须把实话告诉你们,"仙女说,"所有陪伴这两个孩子的人都要在旅程结束时死去。"

他们开始拼命号啕大哭，所有人，除了那狗，他为自己能保持人形多一分钟是一分钟而高兴，而且他已经紧随光之后选定了立场，坚定地走在他的小主人和小女主人前面。

这时，传来比之前更猛烈的敲墙声。

"爸爸又敲墙了！"蒂蒂尔说，"这一次他要起床了，我听见他在走动……"

"大家知道吗，"仙女继续说，"你们现在已经没机会选择了；太迟了；你们全体必须和我们一道出发……但是，火，你不要靠近任何人。狗，你别去撩逗猫。水，你别淌得到处都是。而你，糖，别哭了，再哭你就融化掉了。面包要把笼子带上，好用来装青鸟。你们所有人将先到我住的地方去，在那里我会帮你们各自好好打扮一下……大家往这边走！"

她一边说，一边用魔杖指向窗户，窗户像变魔术一样向下延伸成了一个门。所有人踮着脚尖走出门后，窗户又恢复了原先的形状。就这样，在圣诞之夜，在清冷的月光中，在教堂的群钟高声鸣响宣告耶稣诞生那一刻，蒂蒂尔和米蒂尔走上了寻找青鸟之路。此行将给他们带来幸福。

第二章 仙女的宫殿

仙女贝丽伦的宫殿屹立在峻峭的高山之巅,在通往月亮的半途中。它离月亮很近,尤其是在夏夜,澄澈如洗,你可以从宫殿的阳台上清楚地看到月亮上的山丘、深谷、湖泊和海洋。自从地球上已再没什么值得学习之后,仙女很久以来就常驻此处研究星星,研读它们的奥秘。

"这个古老的星球对我已不再有趣了!"她常对她那些山中的巨人朋友这样说,"地球上的人类总学不会睁开眼来生活!可怜的家伙,我怜悯他们!我时时走到他们之间,仅仅出于仁慈,尝试把那些小孩从在黑暗中窥伺着他们的致命不幸中拯救出来。"

这可以解释她为什么会在圣诞平安夜来敲响蒂尔爸爸那小屋的门了。

回头说我们那些旅行者。他们不能走大路,因为村庄被节日宴会的灯火照得一片通明,仙女想起他们无法用现在的样子走出去。不过她很有学问,她的所有咒愿都可以立刻实现。她把手轻轻放在蒂蒂尔的头上,念起咒语用魔法把所有人送到她的宫殿,霎时间一大

群萤火虫围绕在所有人身边,温柔地簇拥着他们飞上天空。大家还惊魂未定,人却已身在仙女的宫殿。

"跟我来。"仙女说,引领他们穿过金碧辉煌的庭院和内廊。

他们在一间四面八方挂满镜子的巨大房间里停住脚步。房间里有一个巨大的衣橱,从每条隙缝向外透出亮光。仙女贝丽伦从手袋里取出一把宝石钥匙,打开了衣橱。所有人从喉咙里发出一声惊呼。里面重重叠叠堆满了漂亮的衣物:铺盖着宝石的斗篷、来自各国的各种样式的衣裙、珍珠镶嵌的头冠、翡翠的颈链、红宝石的手镯……

两个孩子从未见过这样富丽豪华的景象!而那些由家常事物变成的人形就更是彻底崩溃了;这也是很自然的,只要想一想,他们是第一次看到这个世界,而且这个世界是以这样一种奇异的方式展示

自己。

　　仙女帮他们每个人挑选衣物。火、糖和猫的选择充分表现出他们各自的口味。火,他只对红色感兴趣,一眼就相中了一件光彩夺目的梅斯菲特式魔鬼镶金片长袍。他头上什么都不戴,因为他的前额总是火烧火燎的。糖除了白色和淡蓝色之外一概无法容忍:明亮的颜色对他甜蜜的本性来说太过刺激了。他选了一件蓝白相间的长衫,头上戴着一顶好像灭烛器那样的尖帽子,令他看起来非常荒唐滑稽。不过他太愚钝了,完全意识不到这一点,反而在镜子前面自命不凡地转来转去,傻乎乎地微笑着自我欣赏。

猫,她一直秉持着贵夫人的脾性,习惯了颜色郁暗的衣着,她认为不管是任何场合,黑色永远大方得体,尤其是出门旅行而没有携带行李箱的时候。因此她选择了一身装饰着黑玉绣饰的黑色紧身衣,天鹅绒披风从她肩上长长地垂挂下来,优雅的小脑袋上戴了一顶插着长羽毛的骑士帽。她接着挑了一双柔软的小羊皮靴子,以纪念她的祖辈、大名鼎鼎的"穿靴猫"。她又在前爪上戴上一副手套,以免它们被路上的灰尘弄脏。

穿好这副行头后,她往镜子里心满意足地瞟了一眼。然后,有一点神经质地,她眼神焦虑、颤抖着粉红色的小鼻子,急忙邀请糖和火两位先生陪她出去兜兜风。于是一行三人出门而去,留下其他人继续在挑选衣服。让我们且随他们出去转一圈,反正我们已经喜欢上勇敢的小蒂蒂尔,我们希望知悉有助于他或有碍于他此行的任何事情。

穿越一处处华丽的门廊,它们就像悬挂在空中的露台,最后,我们的这三位密友在一座大厅里止住步;猫迅速压低嗓门发言说:

"我把你们带到这里来,"她说,"是为了讨论一下我们目前的处境。让我们利用最后一刻的自由……"

然而她的话被一阵激烈的喧嚣声打断了:

"汪、汪、汪!"

"瞧哇!"猫叫道,"是那只白痴狗!他嗅出我们了!我们连一分钟的私人空间都没有。我们快藏到那栏杆背后。可不能让他听到。最好不要让他听到我打算跟你们说的事。"

"太迟了。"站在门边的糖说。

果不其然,蒂洛已经闯进来,又跳又吠,兴奋得喘息不停。

猫一看见他,就厌恶地转过身去。

"他穿的那一身侍从行头,活像是灰姑娘马车上的男仆。这对他再合适也没有了,天生一副奴才相!"

她用"嘶!嘶!"声结束了自己这一番话。她站在糖和火之间,抽搐着胡须,端起架子,摆出挑衅的神情。那狗不明白她玩的花样。他整个陶醉在摇身一变,穿上华丽整齐行头的欢乐中,不停地转着圈跳舞。他那天鹅绒外套像旋转木马那样打转,下摆不时掀起,露出粗短的小尾巴,真是太好玩了。那尾巴非常直截了当且富于表现力地表露了其本来面目,不消说,蒂洛就像所有好教养的斗牛犬一样,有着小狗一模一样的歪斜耳朵和短尾巴。

可怜的家伙,他长期以来一直羡慕其他狗兄狗弟的漂亮尾巴,他们可以用它玩出更有架势更变化多端的花样。但生理限制和钱财困窘只会强化我们内在的本质。蒂洛的灵魂既然没有外在的方式可以表露它自己,便只好以沉默的方式去赢取他人的理解。而他的外貌,由于如此充满了爱,也变得非常有说服力了。

今天他的黑眼珠子闪着欢乐的光,他突然变身成人了!他穿着高贵华美的衣服,而且马上要陪伴他的小上帝周游世界,去完成伟大的使命!

"看哪!"他说,"看哪!我们不是很漂亮吗!……瞧这些花边和刺绣!……它们是真金的,半点不假!"

他不知道别人都在笑话他,老实说,他的模样确实很滑稽。不过,像很多头脑简单的人一样,他天生没有幽默感。他很自豪自己那一身天生黄毛的毛皮,因此连马甲背心都不穿,这样就没人会认错他的本来面目了。出于同样的理由,他保留了自己的颈圈,上面写有他的住址。一件巨大的红色天鹅绒外套,编缀着繁密的金丝花边,长达膝盖;一边有一个大口袋,可以让他不时塞些食物补给品进去,因为蒂洛是很贪吃的。在他的左耳上挂了一顶插着鹦羽的小圆帽,他用松紧带把帽子固定在长方脸庞上,而松紧带勒进他肥胖松弛的脸颊把它分开成两半。他另一只耳朵上什么也没挂,像一片折皱了的纸那样歪盖着他的头。这只耳朵是个警觉的接收器,生活中的一切声响都收纳进这里,就像鹅卵石一样干扰着它的安宁。

他的后脚装在一双带徽章的白头皮马靴里,不过他认为前爪很有用,打死也不能塞进手套里去。蒂洛生性随和,难以在一天内改变所有细微的习性,尽管他新近身份倍增,但也不在乎做些有失庄重的事。他此刻便躺在大厅的梯阶上,在地上蹭来蹭去,用鼻子嗅着墙脚,突然又开始啜泣起来!他的下唇神经质地打着哆嗦,仿佛马上要哭出来。

"那白痴又怎么啦?"猫一直乜斜着眼角打量他,问道。

她很快就知道了原因。远方传来甜美的旋律;蒂洛对音乐是完全没有抵抗力的。歌声渐渐趋近,少女清新的歌声填充了圆穹高顶下的阴影,水出现在大家眼前。高挑的身材,珍珠般的白亮,她不像是在走动,而是在滑翔。她的举动如此柔静而优雅,亦幻亦真,几乎令人不敢相信自己的眼睛。美丽的银白色长裙在她身边波伏飘荡。

火看到她出现,就以他那种充满恶意的粗鄙口吻嘲笑道:

"她忘记带伞出门了!"

但水是伶牙俐齿的,何况她知道自己是两人中更强大的一个。水瞟了一眼他灼热的红鼻子,愉快地打趣说:

"对不起,请再说一遍?……我猜您是在说我曾经见过的某个红鼻头吧？……"

其他人一起大笑，开始取笑起火来。他的脸总是像块烧红的煤炭。火发怒地跳到天花板上，准备伺机报复。同时，猫走近水的跟前，小心翼翼地对她的裙子大加恭维。不消说，没有一个字是真心实意的，不过她希望和所有人友善相处，因为她需要得到他们的支持，以推行她的计划。她很焦急为什么还没看到面包，因为她不希望等到会议结束才发表演说。

"他搞什么搞那么久？"她一次又一次咪咪地叫问。"他没完没了地挑衣服挑昏了头了，"狗说，"最后，他决定了穿土耳其长袍，外挎弯刀和穆斯林头巾。"

话音未落，一个涂抹了彩虹所有颜色，七扭八歪的滑稽庞然大物出现了，而且一下子便卡住了大厅那狭窄的门道。那就是大肚子面包，他占据了所有的空间。他不断地捶打着自己，不知道发生了怎么一回事，因为他这人本来就不太聪明，而且他至今还未习惯在人类的房间里走动。最后，他想起要弯腰收腹，用侧着身子硬挤的方法，终于挤进了大厅。

尽管这样进来的方式不太雅观，但他仍然非常高兴：

"我来了！"他说，"我来了！我穿了蓝胡子最漂亮的衣服……你们觉得它怎样？"

狗开始围着他蹦跳：他觉得面包很有派头！那件黄色的天鹅绒衣嵌满了银蝶，让蒂洛想起他挚爱的美味马蹄形面包卷，而那面包头上缠着的俗丽头巾很像硕大的美味圆面包！

"他真帅啊！"他喊道，"他真帅啊！"

牛奶害羞地跟在面包后面。她心性朴实头脑简单，觉得自家的奶油裙子比仙女向她推荐的所有服饰更称心。她堪称谦卑的典范。

面包正要对蒂蒂尔、光和米蒂尔等人挑选的衣服大发议论,猫专横地打住话头,让他长话短说:

"我们很快就会看见他们的,"她说,"大家闭嘴,听我说,时间不多了,我们的未来正处于险境……"

众人一起用疑惑的神情看着她。他们明白这是个神圣的时刻,但人类语言对他们来说还是充满了谜团。糖扭动他的长手指,做出悲痛的表示;面包拍着他的大肚皮;水躺倒在地板上仿佛忍受着深沉的绝望;而牛奶的眼睛一直望着面包,他是她很久很久以来的朋友了。

猫有点不耐烦地继续她的演说:"仙女刚才说了,在这趟旅途结束的同时,我们的生命也将完结。因而,尽我们的一切能力,千方百计地,让这趟旅途拖得越长越好,这关系到我们的切身利益……"

面包担忧他一旦失去人形马上就要被吃掉,因此立刻表示赞成。但站得稍远,摆出一副懒得听闻的狗,却开始在灵魂深处咆哮起来。他很清楚猫的居心不良,因此,当蒂列特用"我们必须不惜一切代价延长旅途,阻止青鸟被找到,哪怕为此危及那两个孩子的生命"这句话来结束其演说时,只肯听从良心呼唤的忠诚的狗立刻向猫扑去要撕咬她。糖、面包和火则冲上去拦开他们。

"秩序!秩序!"糖自大而傲慢地叫道,"我是本次会议的主席。"

"谁任命你当主席的?"火发飙说。

"谁让你来多管闲事的?"水质问火,把她湿淋淋的头发向火甩去。

"对不起,"糖吓得浑身颤抖,换作调解的口吻,"对不起……这是一个严肃的时刻……让我们和和气气地交谈。"

"我相当赞同糖和猫的意见。"面包说,以为这样一来就可以平息风波。

"这是荒谬绝伦的!"狗龇着牙咆哮着说,"这事关乎人类……我们必须服从人类,做人类要我们做的事!……我谁也不认,只认人类!人类万岁!……人类万万岁!……生生死死,永远忠于人类!人类高于一切……"

但猫尖利的声音盖过了所有人。她充满了对人类的积怨,她渴望利用此刻短暂享有人类符咒的机会为她那个族类复仇。

"我们这里所有人代表了动物、物体和元素,"她叫道,"人类还不知道我们拥有灵魂,因此我们保留了一点残余的独立性;但,如果人类找到了青鸟,他就会知道一切,他们就会洞悉一切,而我们就会彻底地依赖于他的慈悲而生存。回想一下我们在地球表面自由游荡的岁月吧……"突然,她的脸色一变,把嗓门压低到耳语程度,嘶嘶地说:"当心!我听到仙女和光来了。不消说,光是袒护人类的,这意味着站在人类一边;她是我们最可怕的敌人……大家要小心!"

但我们的这些朋友们不擅长搞阴谋诡计,而且也觉得问心有愧,因此流露出古怪和不安的神色,以致仙女刚走到门口就叫起来:

"你们躲在角落里做什么?……你们看上去就像一群阴谋分子!"

大家胆战心惊,以为仙女已经猜出他们的邪恶意图,吓得一个个跪倒在仙女面前。幸好,仙女才懒得理他们的小脑袋瓜里转过些什么念头。她是来向两个孩子作旅途开始的说明,以及告诉其他人该干什么。蒂蒂尔和米蒂尔手拉手站在她身前,因为穿上了漂亮衣服而有些紧张害怕,显得有点笨手笨脚的样子。他们以孩子气的崇拜目光互相打量着。

小女孩穿的是一身黄丝绸的连衣裙,上面绣着粉红色花束,盖着金色的亮片。她头上是一顶可爱的橙色绒帽,浆硬的穆斯林领褶盖着她细小的双臂。蒂蒂尔穿了一件红夹克和蓝色的灯笼裤,都是天鹅绒料子的,当然,他头上还戴了顶漂亮的小帽子。

仙女对他们说:

"很可能青鸟就藏在怀念之地你们祖父母那里,所以你们首先到祖父母那里去。"

蒂蒂尔问:"但如果他们已经死了,我们怎么会见到他们呢?"

善良的仙女解释说,只有到了儿孙们都不再想念他们的时候,祖父母才会真正死去。

"人们并不知道这个秘密,"她补充说,"但是,多亏有宝石帮忙,蒂蒂尔,你们将会看到你们怀念的那些死者就像未曾死过那样幸福地生活着。"

"你会来陪着我们一起吗?"小男孩转过身来,问光。光就站在门道中间,把大厅照得一片通明。

"不,"仙女说,"光绝对不可以回顾过去。她的能量必须奉献给未来!"

两个孩子正打算出发上路,但发现自己肚子很饿。仙女马上吩咐面包给些东西让他们吃,而那个大胖子因自己的任务重大而笑逐颜开,解开长袍的上襟,抽出他的短刀弯刀,从肚子上切下两片面包。孩子们放声大笑。蒂洛暂时抛开自己忧郁的想法,求取一片面包。所有人开始合唱告别的歌谣。一向自高自大的糖,也为了表现自己的友谊,掰下自己的两根手指,递给了大吃一惊的孩子们。

当大家拥向大门时,仙女贝丽伦叫住了他们:

"你们大家今天不用走,"她说,"孩子俩必须独自前去。陪他们同往是不明智的。他们是要去和已故的亲人度一个晚上。走,启行吧!再见,亲爱的孩子,记住准时回来:那是最重要的!"

两个孩子手牵着手,提着大笼子,走出了大厅。而他们的那些伙伴,在仙女的示意下,陆续从她跟前走过,回到宫殿里去。我们的狗朋友蒂洛是唯一一个被仙女喊到时没有应声的人。在他听到仙女说两个孩子只能独自前往那一刻,他已决心无论如何要随他们而去,一路照顾他们。当其他人都在说再见时,他藏到了大门后边。但这可怜的家伙低估了仙女贝丽伦那双明察秋毫的眼睛。"蒂洛!"她喝令道,"蒂洛!到这里来!"

可怜的狗,他长期习惯于听人使唤,不敢公然抗命,只好夹着尾巴乖乖走过来,插入众人的队列中。他绝望地低吼着,看着他的小主人和小女主人消失在巨大的金色楼梯里。

第三章 怀念之地

仙女贝丽伦告诉两个孩子,怀念之地不太远,但要到那里去,必须穿过一座遮天蔽日的古老森林,林中大树参天,高不见顶。林中终年瘴雾弥漫,两个孩子很可能会迷路,幸而仙女事先已告诉他们:

"笔直向前走,那里只有一条路。"

地面长满了一模一样的花儿:雪白的堇花,非常美丽,但由于从来不见天日,所以没有香味。

那些花让这两个极度孤独的孩子感到了安慰。巨大而神秘的寂静包围着他们,从未感受过的敬畏之感令他们在喜悦之余不禁又微微地颤抖。

"让我们摘一束花给奶奶吧。"米蒂尔说。

"好主意!她一定喜欢!"蒂蒂尔叫道。于是两人一路走,一路采花,集成了一个美丽的花束。这两个小家伙不知道,他们采撷的每一朵白堇花代表着一份"思念",引领他们一步步走近祖父母。很快,他们就看见前面有一棵巨大的橡树,上面钉着个告示牌。

"我们找到了!"男孩胜利地叫道,他爬上树桩,念道:

"怀念之地。"

他们抵达了。但他们转着身子向四周张望,什么也没找着。

"我根本什么都没看见!"米蒂尔啜泣着说,"我很冷!……很累!……我再也不想往前走了!"

蒂蒂尔,他完全沉浸在使命感里,忍不住发脾气了:

"喂,别像水似的哭个没完!……你应该感到羞耻!"他说,"哎!瞧啊!瞧啊!雾开始散去了!"

果然,白雾在他们眼前散开,就像有一只无形的手揭开了帷幕,巨大的树林逐渐隐没,所有的东西都消失了,取代它们出现的是一间漂亮的小型农舍。外墙爬满了常青藤,矗立在一座小小的园子里,园子里种满了花儿和硕果累累的树苗。

孩子们立刻认出了果园里那头熟悉的奶牛,守在门边的那只看门狗,柳编鸟巢里的那只乌鸦,这一切都沐浴着青白色的光,散发出温暖芳香的气息。

蒂蒂尔和米蒂尔陶醉地站着。这就是怀念之地!多么亲切可爱的氛围!身处其间让人多么心情舒泰!他们立刻打定主意要经常回来,现在他们已经认得路了。但最大的欢乐是在最后一层轻纱似的白雾散去之后,他们发现,就在离他们几步远的地方,爷爷和奶奶安坐在一张长椅上,仿佛睡着了。他们不禁拍起手掌,喜出望外地大叫:

"那是爷爷!那是奶奶!……他们在这里!他们在这里!"

然而他们还是对这魔法的杰作有些畏惧,不敢从藏身的大树后面走出来,他们站在那里看着亲爱的爷爷奶奶,后者在他们的眼皮底下缓慢地醒过来。然后他们听到了蒂尔爷爷颤抖的嗓音说:

"我感觉我们的乖孙儿今天活着来探望我们了。"

而蒂尔奶奶回答说:

"他们肯定在想念我们,因为我感到很古怪,有点儿坐立不安。"

"我想他们肯定离得很近,"奶奶说,"因为快乐的泪水在我眼睛里跳舞了……"

奶奶没能把那句话说完,两个孩子已扑到她的怀里!……多么的快乐!多狂热的亲吻和拥抱!多美妙的惊喜意外!这巨大的欢乐没有任何言词可以形容。他们欢笑,争着说话,用快乐的目光不停地彼此打量,眼神里充满了荣耀,多意想不到的相会啊。当最初的兴奋过去之后,他们立刻开始交谈起来:

"蒂蒂尔,你长得多高多壮啊!"奶奶说。

而爷爷叫道:

"啊,米蒂尔!瞧瞧她!头发多美丽,眼睛多漂亮!"

两个孩子雀跃着,拍着手,任由老人把他们抛来抛去。

最后，他们稍微安静下来，米蒂尔蜷卧在爷爷的胸前，而蒂蒂尔舒服地支在奶奶的膝上，拉起了家常。

"你爸爸妈妈过得怎样？"奶奶问。

"很好，奶奶。"蒂蒂尔说，"我们出门时他们都睡着了。"

奶奶轻吻一下他们说：

"哎呀，你们多可爱，多善良纯洁！……你们为什么不多来看看我们呢？你们长年累月地把我们忘在脑后，我们想见谁却老也盼不到……"

"我们来不了，奶奶，"蒂蒂尔说，"我们今天能来也是全靠了仙女……"

"我们一直待在这里，"蒂尔奶奶说，"盼着有客人从活着的世界那里来……你们上一次来是万圣节……"

"万圣节？我们那天没有离家出门，因为我俩都感冒了！"

"但你们那次想念我们了！而每次你们想念我们，我们就从睡梦中醒来，再次看见你们……"

蒂蒂尔记起仙女跟他说过这个事。他那时以为这是不可能的，不过，此刻当他的头靠近他如此怀念的慈祥奶奶的心，他开始明白了这个道理，而且感到他的祖父母并没有完全离开他。他问道："那么，你们并没有真死？……"

那对银发老人放声大笑了。自从他们把尘世的生活和另一个更美好更亲善的生活作交换以来，他们已经忘掉了"死"这个字。

"那个死字是什么意思？"蒂尔爷爷问道。

"怎么啦？它意思是一个人不再活着呀！"蒂蒂尔说。爷爷和奶奶听后只是耸了耸肩。

"活在尘世的人谈及别的世界时的看法多糊涂啊!"他们异口同声地说。

然后他们重新展开回忆的话题,为能够交谈而高兴。

所有老人都喜欢谈论过去的日子。就他们所关心的事情而言,"未来"已画上了句号,因此他只欣然于谈论现在和过去。但我们这些人,就像蒂蒂尔,开始有点不耐烦听了。我们将追随我们小朋友的举动。

他从奶奶的膝盖上跳起,开始逐个角落去探寻宝奇,高高兴兴地去寻找他认识和记得的所有东西:

"这里什么都没变,所有东西都在老地方哩!"他叫道。由于他已经好久没来祖父祖母的家,每样东西都令他感到倍加亲切。他如数家珍地念叨着:"只是所有东西都更漂亮了!……哎哟,这个有分针的座钟,那次我玩爷爷的螺丝锥,把座钟的指针弄断了,还把钟门穿了个洞……"

"是呀,你那时可弄坏了不少东西!"爷爷说,"那边是你爱爬的梅树,每回我一不盯着你就爬上去。"

同时,蒂蒂尔也没有忘记他此行的使命:

"我想,你们这儿会不会碰巧有青鸟?"刚好同时,米蒂尔也抬起头,看着笼子问:

"哎哟,这儿是只老乌鸦!……它能唱歌吗?"

随着她的话语声,乌鸦醒了过来,并开始用它最高的嗓门鸣啭。

"你们瞧,"奶奶说,"一旦有人念叨到它……"

蒂蒂尔对看到的事惊讶不已。

"但它是青色的!"他大声叫嚷起来。"哇噢,就是那只鸟,青鸟!

它是青色的,青色的,青得就像青色玻璃球! ……你能把它给我吗?"

祖父母欣然答允了。蒂蒂尔充满了成就感,跑去把他留在大树那边的笼子取过来,小心翼翼地握住那只宝贝鸟儿,之后鸟儿就开始在新家里蹦跳了。

"仙女会很高兴的!"男孩说,为他的战利品满怀喜悦。"光也会高兴的!"

"跟我来,"爷爷和奶奶说,"来看看那些奶牛和蜜蜂。"

两位老人开始蹒跚地穿过果园,两个孩子突然想起问那些死去的小兄弟姐妹是不是也在这里。话音刚落,睡在屋里的七个小家伙,拼命哭着跑进果园。蒂蒂尔和米蒂尔向他们跑去。他们推推搡搡地互相搂抱在一起,笑得前仰后合,边笑边跳着舞旋转。

"他们在这里,他们在这里!"奶奶说,"你一提到他们,他们就在这里了,这帮小鬼头!"

蒂蒂尔抓住其中一个人的头发说:

"哈啰!皮埃洛!我们又可以打架了,像以前一样!……还有罗拔!……我说,詹恩,你头上怎么啦?……玛德琳恩、皮尔列蒂和波琳!……还有莉凯蒂。"

米蒂尔笑道:

"莉凯蒂如今还只会在地上四脚爬爬呢!"

蒂蒂尔注意到一只小狗围着他们身边叫:

"那是奇奇,我用波琳的剪刀剪短了它的尾巴……它也一点没变……"

"没变,"蒂尔爷爷用庄重的声调说,"这里一切都不会变!"

在一片欢声笑语中,老人突然停了下来,他们听见了微弱的声音——是房间里的时钟在敲八点!

"这是怎么回事?"他们问,"那座钟近来从没敲响过……"

"那是因为我们都不再在意时间了,"奶奶说,"刚才有谁想到了时间吗?"

"嗯,是我,"蒂蒂尔说,"原来已经八点钟了吗?……那么我该走了,我答应了光,九点钟之前回去……"

他走去拿了鸟笼,但其他人正玩得高兴,舍不得让他这么早离去:就这样说再见太残酷了!奶奶有了个好主意,她知道蒂蒂尔过去很贪吃,眼下正是个绝好时机,而且巧得很,这里正好有些顶顶棒的洋白菜汤和迷人的梅子馅饼。

"好吧,"我们的主人公说,"既然我已找到了青鸟……而洋白菜汤也不是每天都有喝的!……"

所有人急忙把餐桌搬到外面来,铺上洁白的桌布,为每个人分好碟子,最后,奶奶把热气腾腾的汤盘端上了桌。灯点亮了,祖父母和孙儿孙女们团团围坐着用餐,互相摩肩顶肘地挤撞着,快活地大笑大喊着。接着,有一会儿工夫,大家都安静下来了,只剩下木勺子和汤碟子的撞击声。

"多好啊!多好啊!"蒂蒂尔一边贪婪地吃着,一边叫道,"我还要多一点!多一点!多一点!多一点!"

"喝吧,喝吧,安静一点。"爷爷说。

"你还是像过去那样吃没个吃相,快要把碟打破了……"

蒂蒂尔完全不在乎别人怎么说他,站在椅子上,抓住汤盘,拉向自己跟前,却不小心把它弄翻了。热汤洒得满桌都是,淌湿了所有人的膝盖。孩子们痛得尖声叫喊起来。奶奶惊慌失措,而爷爷大为光火。他在我们的朋友蒂蒂尔耳边狠狠地揍了一拳。

蒂蒂尔愣住了,然后他把手放在脸颊上,闪现出狂喜的眼神,他叫道:

"爷爷,太好了,太棒了!这就跟你活着时经常揍我的一模一样!……我要为这个吻你一下!……"

所有人都哄然大笑起来。

"我这里还有很多呢,如果你这么喜欢的话!"爷爷粗声粗气地说。

其实他也被感动了,转过身,悄悄擦去眼角流出的泪水。

"天啊!"蒂蒂尔突然跳起来,大叫道,"已经八点半了!……米蒂尔,我们必须马上走了!……"

奶奶徒劳地恳求他们再多待几分钟。

"不啦,我们不能待下去了,"蒂蒂尔坚定地说,"我答应了光的!"

他急忙提起那宝贝鸟笼。"再见,爷爷……再见,奶奶……再见,兄弟姐妹们、皮埃洛、罗拔、波琳、玛德琳恩、莉凯蒂,还有你奇奇……我们要走了……别哭奶奶,我们会经常来的!"

可怜的爷爷非常生气,大声地抱怨:

"天啊,活着的人过得多累呀,永远有那么多烦恼和着急的事。"

蒂蒂尔尽力安慰他,再次保证会经常回来。

"每天都回来!"奶奶说,"这是我们唯一的欢乐。当你们想起来要拜访我们的时候,就像是邀请我们去做客一样!"

"再见!再见!"小兄弟姐妹们异口同声地喊,"尽快回来!带些麦芽糖来给我们!"

很多很多的告别之吻,所有人都挥舞着手绢,所有人都叫喊着做最后的告别。但人影开始变淡,细小的声音不再能听见,两个孩子又一次全身被笼罩在雾中,古老的森林用它巨大的黑色斗篷遮住了他们。

"我很怕很怕!"米蒂尔用耳语般的细小声音说,"把你的手给我握着,小哥哥!我很怕很怕!"

蒂蒂尔也在浑身发抖,但安慰和开解妹妹是他的职责:

"嘘!"他说,"记住,我们把青鸟带回来了!"

就在他说话的时候,一道微弱的光线穿透了黑暗。男孩向着光线跑去。他用双臂紧紧抱住鸟笼。他第一想到要做的事是看看他的鸟儿……哎呀完了,等待他的是多让人沮丧的景象!从怀念之地带出来的那只美丽的青鸟已变回黑色!蒂蒂尔拼命地盯着它看,它确实是黑色的!他记得很清楚那只老乌鸦在过去的日子里是如何歌唱的,它那柳条编织的狱笼挂在门边。发生了什么事?多令人痛心!此时此刻生活对于他展露出何等残酷的面目!

他是这样热心高兴地开始旅途,从没有片刻想到它的困难和危险。充满信心,勇敢而善良,他走上了征途,满心以为会找到美丽的青鸟,把幸福带给仙女的小女儿。但如今他所有的希望都破碎了!我们可怜的小朋友第一次感到了未来人生之路的屈辱、苦恼和障碍!唉,他是否在作着徒劳的尝试?仙女是否在和他开玩笑?他到底能否找到青鸟?他所有的勇气都似乎离他而去……

更糟糕的是,他再也找不到来时的那条笔直的路了。地上连一朵白色的堇花也没有,他开始哭起来。

幸运的是,我们的小朋友没有在麻烦中陷得太久。仙女承诺过让光照管着他们。第一道试验的关卡通过了,就像稍早前在老人的家门外发生的那样,浓雾突然消散。不过,不像上次那样展示出的是一幅宁谧平和的图画、一幅充满温柔亲情的景象,而是出现了一个华丽非凡的殿宇,透射出令人炫目的辉煌亮光。

光站在宫殿的入口处,她那穿着宝石色长裙的身姿婀娜动人。她微笑着听蒂蒂尔说了他自己第一次的失败。她知道这俩孩子在寻找什么,她知道发生了的所有事情。因为光用她的爱环绕着全人类,尽管还没有谁喜欢她,达到完全彻底接受她的程度,也因此而不能知晓真理的所有秘密。如今,破天荒第一次,幸亏有仙女给小男孩的宝石帮忙,她将努力去征服人类的灵魂。

"别悲伤,"她对孩子们说,"难道你不为与祖父母的重逢而快乐吗?这一天里有了这样的幸福难道还不够吗?难道你们不为恢复了这只老乌鸦的生命而高兴吗？听听它的歌声吧！"

那只老乌鸦正在以它的全副身心歌唱，它在大笼子里蹦蹦跳跳，黄色的眼珠子闪露着快活的火花。

"亲爱的孩子，在你寻找青鸟的途中，你也要让自己习惯去喜爱那些顺路找到的灰色鸟。"

她严肃地点着头，很显然她知道青鸟藏在哪里。但生活中通常充满美妙的奥秘，对此我们应该给以尊重，否则我们会毁了它们。而且，如果光提早把青鸟在哪里的消息告诉孩子们，嗯，那他们将永远也找不到它了！我会在故事结尾把原因告诉你们。

而如今，让我们的小朋友们在光的细心照料下，躺在美丽的白云中安睡吧。

第四章　夜宫

　　数日后，两个孩子和他们的朋友们会合，在黎明时分前往夜宫。他们希望在那里找到青鸟。其中几位队员在被叫到名字的时候没有响应。牛奶，她认为所有刺激性的活动都对她有害，因此躲在房间里不肯出来。水，她递了告假条，称她一向只习惯于躺在苔藓铺的睡椅上旅行，现在疲累到极点，恐怕会生病。而光，她自上帝创造世界以来就和夜一向不和。火和光是亲戚，故而与之同气连枝。光和两个孩子吻别，告诉蒂洛路怎么走，因为他负有为探险队领路之责。然后，这支小小的探险队就出发上路了。

　　你不难在脑海里描绘出蒂洛那可爱的模样，他像小矮人那样用后腿直立，一溜小跑地走在前面，鼻子朝天，舌头摇晃着耷拉在下颏，前爪交叉在胸前。他躁动不安，在周围乱嗅，跑前跑后，走了双倍的路，全不在乎这使得他自己多累。他如此陶醉于自己身负的重任，因而对一路上遇见的诱惑都不屑一顾：他漠然地走过那些垃圾堆，对一切视而不见，懒得理会所有的旧日老友。

　　可怜的蒂洛！他如此喜欢变身为人，然而他并不比以前更幸福！

毫无疑问,对他来说生活还是老样子,因为他的本性没有变。如果他的感觉和思维都仍然像一只狗,变身为人又有什么用呢?事实上,压在他身上的责任感倒是让他的烦恼增加了百倍。

"啊!"他叹口气说,他是盲目加入小主人的探险队的,从没考虑过旅程结束时自己的人生也将结束。"啊!"他说,"如果我抓到那只坏蛋青鸟,我保证,绝不会用舌头尖碰它一下,哪怕它像鹌鹑一样肥美可口!"

面包提着鸟笼,庄重地跟在狗后边;接着是两个孩子;而糖跟在队伍后面。

但猫在哪里呢?为了揭开她不在场的原因,我们必须稍微倒叙前因,听听她的心声。当蒂列特在仙女的大厅召唤动物和物体开会时,她深谋远虑地策划了一个旨在拖延旅程的阴谋;可惜她低估了其听众的愚钝。

"一帮笨蛋,"她心里说,"就像他们身负重罪似的,愚蠢地屈膝于仙女脚下,把事情全弄砸了,还不如光靠自己好一点。在我做猫的生涯中,我们所受的训练就是怀疑一切;我深知变身人类后的生活也必是这样。那些轻信他人的家伙只会被人出卖;最好还是保持沉默,让别人捉摸不透。"

亲爱的读者,正如你所看到的,猫和狗一模一样,她没有改变其心性,因而简单地承继了之前的生存方式。但是,当然了,她是非常邪恶的,而可爱的蒂洛正好与之相反,蒂洛太善良了,这就是两者之间最大的区别。因为这样,蒂列特决心去实施她自己的计划,她在破晓前出走,去向夜通风报信。其实她们早就是老朋友了。

通往夜宫去的路漫长而充满危险。两边都是悬崖绝壁,人必须在巨大的岩石之间一次又一次地爬上攀下。那些岩石活像要把过路人都压扁。最后,来到黑暗的圆形广场边缘,你必须走下数千级台阶,抵达黑色大理石的地下宫殿,夜就住在这里。

猫以前经常到这里来。她一路疾跑,轻盈得有如羽毛。她的斗篷被风吹起,像旗帜一样飘拂在身后。她帽子上的翎毛优雅地抖动着,她那灰色的小羊皮靴子迅捷得脚不沾地。很快她便抵达了目的地,两三个跃步,她便来到夜所在的大厅。

眼前是一片瑰丽景象。夜如同女王一般庄严华贵地斜卧在宝座上,她睡着了,身边没有一丝微光,也没有闪烁的星辉。我们知道,夜和猫之间毫无秘密,她们的眼睛都有洞穿黑暗的力量。因此蒂列特清楚地看得见夜,如同白昼。

在叫醒夜之前,她向那母亲般亲切熟悉的脸容投去深情一瞥。这是一张银白如月的脸庞,冷峻的轮廓令人既敬畏又爱慕。夜的身姿在长长的黑纱下半遮半露,宛如希腊雕像一般秀美。她没有臂膀,却有一双自肩至足的巨大羽翼,赋予她无与伦比的威严。此刻,这双羽翼栖息折叠着。尽管蒂列特深爱这位亲爱的朋友,却没有时间浪费在凝望里,因为眼下正是关键时刻,而时光稍纵即逝。她疲倦不堪,强抑着痛苦,瘫软在通向王座的石阶上,哀怨地喵喵叫道:

"我来了,夜娘娘!……我累坏了!"

夜生性多愁善感,很容易被惊动。她那融合安详与宁和的美貌,蕴藏着缄默之神的秘密。缄默之神常常被世间万物惊扰:一颗流星划过天空,一片秋叶飘落大地,猫头鹰的一声啼叫,一件微不足道的琐细之事,便足以撕裂夜在每个黄昏投射在世间黑丝绒般的帷幕。因此,还未等猫结束她颤抖的话语,夜便坐起身来,巨大的翅膀展开,覆盖着夜。她以抖动的嗓音追问着蒂列特,一旦获悉自己面临着何等危险,她便开始为自己的命运恸哭。怎么?一个人类之子竟要来她的宫殿!也许还要借助魔法宝石之助,揭开她那些秘密!她该怎么办?她会遭到怎样的对待?她如何才能保护自己?夜发出凄楚的尖叫,忘记了这样会有悖于缄默这位属于她自己的特殊神祇。很明显,陷入这样的崩溃骚乱完全无助于她找到解决麻烦的方法。幸运的是,蒂列特见惯人类生活里的烦恼和忧愁,比她更能熟练应对。跑在孩子们前头的时候,她早已拟好了计划,希望说服夜成为自己的同谋。她用寥寥数语向夜解释了整个计划:

"这件事我想只有一个办法,夜娘娘。他们俩只是孩子,我们只要吓唬吓唬他们,让他们胆怯,不去打开宫殿后面那座大门。在那座大门后面栖居着月亮之鸟,青鸟通常也栖息在那里。其他洞穴里藏着的秘密肯定可以把他们吓跑。平安的希望就寄托在您能让他们感到有多么恐怖之上了。"

很清楚,除此以外别无他途。夜还来不及回应她的请求,便听到了动静,接着她优美的身影瑟缩起来,翅膀愤怒地展开。她的姿态明明白白地告诉蒂列特:夜已经同意了她的计划。

"他们到了!"猫喊道。

小探险队向夜宫那黢黑幽暗的长阶列队进发。蒂洛昂首阔步勇敢地走在前面,而蒂蒂尔则以担忧的目光打量着四周。他显然找不到任何东西能使他感到安慰。这里非常非常华丽宏伟,但也非常令人恐惧。请想象一座庞大瑰丽的黑色大理石宫殿,像坟墓一样肃穆庄严。在这里看不到天花板,环绕着圆形剧场的黑檀木长柱高高地伸向天空。抬起头举目仰望,你只能看到星星洒落的一星半点微弱的光芒。四面八方都统治在厚重的幽暗之下。只有两朵颤动不安的小火苗——仅此而已——闪烁在夜的宝座两侧。宝座后面是一扇巍峨沉重的黄铜碑门,穿过殿内的高柱可以看到左右排列着高耸的青铜大门。

猫催促着两个孩子:

"这边走,小主人,往这边走! ……我已经告诉夜了,她很乐于接见你。"

蒂列特柔软的嗓音和微笑让蒂蒂尔回过神来;他以大胆自信的步伐走近宝座,说:

"早上好,夜夫人!"

夜被这一句"早上好"冒犯了,"早上好"让她想起了自己的死敌光,她冷冷地回答道:

"早上好? ……我不习惯这玩意! ……你也许该说'晚安',或者至少该说'晚上好'!"

我们的主人公并没有分辩,在这位仪态万方的夫人面前,他感觉自己非常渺小。蒂蒂尔连忙以最大的善意请求原谅,并且非常温柔地请求她让他在宫殿中寻找青鸟。

"我从未见过它,它不在这里!"夜拍打着庞大的羽翼高声宣布,试图阻吓小男孩。

但是,男孩没有流露出害怕的神色,他继续坚持着自己的请求。夜开始害怕起那颗魔法宝石来,它能照亮她的黑夜,完全可以摧毁她的力量。她认为现在最好假装慷慨大方地做出让步,于是便指向摆放在王座石阶上的大钥匙。

蒂蒂尔没有片刻的犹豫,抓起钥匙就跑向大厅里的第一扇大门。

每个人都害怕得发抖。大脑袋面包吓得牙齿直打战。站在稍远一点的糖,怀着濒死般的痛苦呻吟着。米蒂尔哀号道:

"糖在哪里?……我要回家!"与此同时,脸色发白的蒂蒂尔神情却异常坚定,他努力去打开那座大门。此时,夜庄重的嗓音从喧闹声中响起,宣告了第一个危险:"那是鬼魂!"

"噢,"蒂蒂尔想,"我从来没见过鬼,它一定很可怕!"

在他身边是忠心耿耿的蒂洛,正卖力地喘着气,因为狗仇视任何神秘的东西。

最后,钥匙嘎吱嘎吱地捅进了锁芯。四周一片死寂,就像那片浓郁沉重的黑暗一般。所有人都惊恐地屏住了呼吸。大门打开了,霎时间,黑暗中涌进无数白影,它们向西面八方窜逃。有些延伸变形欲飞上天空,另外一些绕着柱子抱成一团,还有一些在地面飞快地蠕动。它们有点像人,但要辨识它们的相貌却是不可能的,肉眼无法捕捉它们。你刚要凝视它们,它们已变为一团白雾。蒂蒂尔竭尽全力去追逐它们。夜夫人按猫的计划,假装出惊惧的样子。其实她和这些鬼魂已是千百年来的老朋友,只要一句话就可以把它们赶回原处。但她故意不这样做,反而疯狂地拍击双翼,求神告佛,呼天喊地:

"把它们赶走!把它们赶走!救命啊!救命啊!"但是那些可怜的鬼魂们,由于人类已不再信奉它们,它们很少有机会出来游荡,如今都为能出来透透气而欢喜若狂。假如不是畏惧竭力咬住它们腿部的蒂洛,它们永远不会回到大门里面。

"呼呼!"终于把大门关上后,狗喘着气说,"我有强壮的牙齿,老天爷知道,但我还从来没见过那些家伙!当你咬到它们时,它们的腿仿佛是棉花做的!"

这一次,蒂蒂尔走向第二扇门,他问:

"这扇门后边有什么东西?"

夜做了个阻止的手势。难道这个固执的小孩真的要把所有东西看一遍吗?

"打开它的时候我需要小心注意吗?"蒂蒂尔问。

"不必,"夜说,"但它不值得打开。这扇门后面住的是疾病。它们很安分守己,这些可怜的小家伙!最近人类对它们发动了猛烈进攻!……你自己打开看看吧……"

蒂蒂尔推开大门,一言不发地站着,惊讶地发现大门内竟是空空如也……

他正要重新关上大门,却被一个穿着睡袍、戴着棉布睡帽的小小身影挤到一边,小身影开始绕着大殿雀跃蹦跳,摇晃着脑袋,时不时停下来咳嗽、打喷嚏、擤鼻涕……她的拖鞋太大,老是要从脚上滑掉,害得她不停地把鞋套上脚。糖、面包和蒂蒂尔不再害怕了,开始开心地大笑起来。但他们靠近那个戴棉布睡帽的小人儿不久,自己也开始咳嗽和打起喷嚏。

"这是最微不足道的疾病,"夜说,"它叫感冒。"

"噢,天哪!天哪!"糖寻思道,"如果我的鼻子继续这样子流鼻水,我就要完蛋了!我会融化的!"

可怜的糖!他不知道如何掩饰自己。自从上路以来,他变得非常贪生怕死,因为他深陷于对水的爱恋中!而这爱情却令他忧心忡忡。

水姑娘是个极爱卖弄风情的人,喜欢吸引众人的注目,交游广阔,跟什么人都混得来。但和水混在一起是件奢侈得要命的事,可怜的糖先生便发现了其中的代价:每给她一个吻,他就失去了自己的一小部分,直到他开始担心起自己的寿命。

当糖突然发现自己受到感冒的袭击时,恨不得从夜宫飞逃出去。幸亏有我们亲爱的蒂洛及时援救,他追逐那个轻佻的小坏蛋,把她赶回她自己的洞穴。蒂蒂尔和米蒂尔哈哈大笑地看着,他们觉得这场面很欢乐。到现在为此,这场探险还不算太糟糕。

于是,蒂蒂尔勇气百倍地走向下一扇大门。

"小心!"夜用恐怖的声音喊道,"这里面是战争!它们比之前任何东西都更强大!万一其中有一个挣脱束缚逃出来,我都不敢想象会发生什么事!全员准备就绪,把大门推回去!"

夜的警告话音未落,勇敢的小男孩已后悔他的莽撞了。他徒劳地抵着门,想把刚打开的大门合上。但一股无法抵挡的力量从另一侧推撞着门,血水如泉涌般从裂缝里流出来,火花迸射,呼斥声、咒骂声、呻吟声混合着轰鸣的炮响和枪声。夜宫中所有人发了疯似的乱跑。面包和糖试图逃之夭夭,却找不到逃命的路;于是他们又回到蒂蒂尔身边,绝望地拼命用肩膀抵住大门。

猫装出焦虑的样子,暗地里却在幸灾乐祸。

"兴许大功就要告成了。"她卷弄着腮须,心说,"他们不敢再继续下去了。"

亲爱的蒂洛做出了超凡的努力去帮助他的小主人,而米蒂尔则只会站在角落里哭泣。

最后,我们的主人公发出胜利的欢呼:

"乌拉!他们认输了!胜利!胜利!大门关上啦!"

与此同时,他跌坐在石级上,精疲力竭,用他纤瘦的小手轻拍着自己的前额，那只手还在恐惧地发着抖。

"怎么样了？"夜刻薄地问，"你看够了吧？你看到它们了吗？"

"看到了，看到了！"小男孩抽泣着回答，"它们又难看又讨厌……我想他们不会有青鸟……"

"很显然它们肯定没有，"夜生气地回答说，"如果它们有的话，它们会马上把它吃掉的……你瞧，现在已经没什么可做的了……"

蒂蒂尔勇敢地重新挺直了腰板：

"我必须看完所有的东西，"他大声说，"光说了要这样做……"

"说说很容易，"夜反驳说，"当某人只是胆小如鼠待在家里的时候！"

"我们去下一扇门，"蒂蒂尔坚决地说，"这里面是什么？"

"这是我贮藏阴影和恐怖的地方！"

蒂蒂尔思索了有一分钟：

"说到阴影嘛，"他想，"夜夫人是在嘲笑我。我已经在夜宫逗留了一个多小时，唯独没有见到任何阴影，我很乐意再度见到阳光。至于恐怖，如果它们是像鬼魂那样的话，就当是再看一场闹剧好了。"

我们的小朋友走向这扇门，把门打开。他的同伴们都没来得及采取保护措施。说起来，因为刚才那场惊吓，他们都筋疲力尽地瘫坐在地板上了。他们面面相觑，惊魂未定，还在庆幸自己经历如此一场大恐慌后安然无恙。蒂蒂尔打开了大门，但没有东西走出来。

"这里什么都没有！"他说。

"不，有的！有的！当心了！"夜说，她还在制造恐惧的氛围。

她被激怒了，原本希望用她的恐怖和阴影造出巨大的效果。但是瞧哇，这些无赖们，由于长期被人类冷落斥骂，自怨自怜，分毫不敢靠近人类；她用温和的词语鼓励它们，成功地哄骗了一些大个儿披上灰色面罩出来。它们开始在宫殿大厅里到处乱跑，当它们听到孩子们的笑声响起，便心慌意乱地躲进门内。夜的盘算落了空，事情的发展就像夜担心的那样，而可怕的一刻快要来临。蒂蒂尔移步走向大厅尽头的最后一扇大门，最后，夜依然没有放弃阻吓他的念头。

"不要打开那扇门！"夜用非常敬畏的声调说。

"为什么不能打开？"

"因为那扇门不允许被打开！"

"那就是说，这里正是青鸟藏身的地方。"

"别再走下去，不要无视命运，不要打开那扇门！"

"理由呢？"蒂蒂尔倔强地再问一遍。

夜被他顽固的性子气坏了，她勃然大怒，用最恶毒的威胁劈头盖脸地恐吓蒂蒂尔，最后她说：

"那些打开这扇门的人，哪怕只是打开头发丝宽的一道缝，没有一个能活着回到太阳光底下的！它意味着必然的死亡。如果你还坚持要碰那扇门的话，人类在地球上遇到的所有惊慌、所有恐怖、所有泪水，与门后等待着你们的东西相比较都不值一提！"

"不要那么做，亲爱的主人！"面包牙齿咯咯，打战着说，"不要那样做！可怜可怜我们！我跪下来恳求你！"

"你会牺牲掉我们所有人的生命。"猫喵喵地说。

"我不愿意，我不要！"米蒂尔边哭边说。

"发发慈悲啊！发发慈悲啊！"糖一边痛哭着，一边扭动着他的手指。

他们所有人都在流泪和哭叫，所有人围聚着蒂蒂尔。只有亲爱的蒂洛尊重他的小主人的意愿,没有说出半个不字,尽管他完全相信自己最后的时刻已来临。两颗大泪珠从他的脸颊上滚落,他绝望地舔着蒂蒂尔的手。这真是一幅非常动人的画面,有一瞬间,我们的主人公也有些犹豫了。他的心猛烈地怦跳,他的喉咙痛苦地焦灼,他努力想说些什么,但却发不出声音来。再说,他也不希望在这些无助的伙伴们面前露出软弱的神态。

"如果我没有力量完成任务,"他对自己说,"谁会去履行它呢?如果我的朋友们看出我的苦恼,那一切都结束了:他们不会让我继续完成使命。而我将永远找不到青鸟!"

想到这一点,小男孩的心脏在胸腔里猛烈跳动起来,他崇高的心性油然而生,他不甘放弃,决心奋起反抗。倘若幸福近在咫尺,而不敢伸手捉住,这是绝不可取的。即使要冒着失去生命的风险,也要勇敢尝试,最终将幸福传遍全人类!

就是这样!蒂蒂尔毅然决定牺牲自己。就像一个真正的英雄,他挥舞着沉重的金钥匙高声喊道:

"我一定要打开那扇门!"

他冲向那扇大门,只有蒂洛喘息着陪伴在他身边。这只可怜的狗已经被吓得半死,但他的荣誉感和对蒂蒂尔的忠诚迫使他扼杀自己的畏惧。

"我要留下来,"他对主人说,"我不害怕!我要陪我的小上帝在一起!"

与此同时,其他人都落荒而逃了。面包崩溃地躲藏在一根柱子后面;糖搂着米蒂尔蜷缩在角落里,身子都要融化了;夜和猫两人气得浑身发抖,远远地退到大厅的另一端。

蒂蒂尔给了蒂洛一个最后的亲吻,搂紧蒂洛让他贴近自己的心房,毫不犹豫地把钥匙捅进了锁孔。从大厅的各个角落传来恐惧的尖叫声,逃亡的人们把角落当成自己的庇护所。蒂蒂尔和蒂洛,眼睁睁地看着那扇大门像施了魔法一样在眼前敞开,瞬间张口结舌,满心充满了欢乐和钦佩,一句话都说不出来。这是多么让人惊喜的瑰丽景象啊!展现在他眼前的竟是一座精致华丽的花园。这座恍如梦境般的花园,种满了闪耀如繁星的花朵,瀑布从天空和树丛中飞流直下,月亮披挂着银白色的纱衣,一些莫可名状的东西就像忧郁的云朵般旋舞在玫瑰丛中。蒂蒂尔揉揉他的双眼,不敢相信自己的眼睛。他等待着,一看再看,然后突然冲进花园,欣喜若狂地大喊起来:

"快来呀!……快来呀!……它们在这里!……我们终于找到它们了!……无数只青鸟!……成千上万的呀!……来呀,米蒂尔!……来呀,蒂洛!……所有的人都快来呀!……帮帮我的忙!……你们可以捉到大把大把的青鸟!……"

再三确认之后,他的朋友们都跑了进来,冲进鸟群中,比试谁能捉得最多。

"我已经捉到七只了!"米蒂尔叫道,"我快抱不住它们了!"

"我也抱不住了!"蒂蒂尔说,"我捉到太多的青鸟了!……它们从我臂弯里逃出去了!……蒂洛也捉了一些!……我们离开吧,我们走喽!……光在等着我们!……她会喜出望外的!……往这边走,往这边走……"

所有人欢喜得活蹦乱跳,一边走一边唱着凯歌。

夜和猫没有感染到大家的欢乐气息,气恼地暗暗走回那扇大门前。夜抽泣着说:

"他们没抓到它吧……"

"没有,"猫说,她看见那只真正的青鸟栖息在月光迷蒙的高处,"他们够不着它,它栖息的地方太高了……"

我们的朋友们以最快的速度跑上隔绝阳光、有无数级石阶的楼梯。每个人都怀抱着刚刚捉到的无数只小鸟。但他们做梦也没想到,每靠近阳光一步,对这些可怜的小东西都是致命的。就这样,当他们来到楼梯的顶端,他们怀中就只剩下满满的死鸟了。光在焦急地等待着他们：

"哎，你们捉到它了吗？"她问。

"捉到了，捉到了！"蒂蒂尔说，"很多很多！有成千上万只！你瞧！"

他一边说，一边把怀中的鸟递给她看，令他大为沮丧的是，它们已经变成没有生命的躯壳。可怜的小翅膀折断了，脑袋悲惨地耷拉在脖子上！男孩一脸绝望地转向他的同伴们，唉，他们满怀抱着的也只是失去生命的死鸟！

蒂蒂尔抽泣着扑进光的怀抱。他的所有希望又一次砰然坠地。

"别哭了，孩子，"光说，"你没有捉到那只能在广阔阳光下生存的青鸟，但我们还会找到它的……"

"一定的，我们会找到它的。"面包和糖异口同声地说。

他们是两个大傻瓜，但他们都希望安慰这个男孩。至于忠实的朋友蒂洛，他是如此生气失落，以至有片刻忘掉要保持身份。他看着那些死鸟，大声问：

"不知道它们好不好吃呢？"

一队人起程往回走，夜里宿泊在光的神殿里。这是一次令人伤心的旅程，所有人都在后悔离开安宁的家，暗暗埋怨蒂蒂尔好出风头。糖慢慢地挪到面包跟前，凑近他的耳边小声说：

"主席先生，你不觉得这些打打闹闹都是徒劳无益的吗？"

面包因为受到关注而感到颜面生光，于是傲气十足地回答说：

"亲爱的朋友，你不必担心，我会把一切导回正轨。如果我们必须服从一个小疯子的奇思妙想，生活会变得无法忍受的！……明天，我们将睡回暖烘烘的被窝里！……"

他们忘记了,在备受他们轻蔑的那个男孩儿眼中,他们根本就不是生灵。万一那男孩叫面包回到面包盘去等着被人吃掉,或者告诉糖要切成一小块一小块加进蒂尔爸爸的咖啡里或蒂尔妈妈的糖水里,他们就只好扑倒在恩人的脚下恳求慈悲了。事实上,不到被领回家面对厄运的那一天,他们都不会懂得珍惜自己的好运气。

不幸的家伙!仙女贝丽伦施法使他们能以人的生命形态出现,应该也赐给他们一丁点儿智慧。其实也不应该过分责备他们,说到底,他们只是跟随了人类的坏榜样。被赋予说话的能力后,他们就开始叽里呱啦;知道如何审判,他们就开始妄定罪名;有了感官知觉,他们就开始发牢骚。他们有了一颗心,却徒然增加了畏惧,却没有带来幸福感。至于他们的头脑,本可轻而易举地解决一切问题,但他们几乎从来不用,以至脑袋都生锈了;如果你能把他们的脑壳掀开,观察内里的运作方法,你只会看到那可怜的大脑——这个最珍贵的财产,随着他们的一举一动在头盖骨里面乒乒乓乓地跳来跳去,就像豆荚里的干豆子。

幸运的是,光有着出类拔萃的洞察力,她充分了解他们的心智状态。因此,她决定雇佣元素和物体做那些只能由他们做的事。

"他们是有用的,"她想,"可以负责喂饱孩子们和逗他们开心。但一定不能让他们承担更重的责任,因为他们缺乏足够的勇气和信心。"

与此同时,一行人继续前行,路越走越开阔,沿途景色万千,在路的尽头,光的神殿矗立在水晶山丘之上,山丘四周宝光流动。筋疲力尽的两个孩子轮流趴在狗背上前行,等他们抵达那闪闪发光的楼梯时,两人都几乎睡着了。

第五章　未来国度

蒂蒂尔和米蒂尔在翌日清晨醒来,孩子的本性都是乐天健忘的,他们已经忘掉昨日的沮丧,感觉非常愉快。蒂蒂尔因光给予他的赞扬而感到非常自豪,看上去光非常高兴,就像他已把青鸟带回来了一样。

她抚摸着孩子乌黑的卷发,微笑着说:

"我很满意。你干得很出色,很勇敢,很快你就能找到要找的东西了。"

蒂蒂尔听不懂她意味深长的话语,尽管如此,得到光的夸奖他还是很高兴的。此外,光向他保证,他们今天的新探险没有让人担心的危险。相反,他将会和成千上万的小孩子会面,他们会向他展示最新奇有趣的玩具,那些玩具是地球上任谁都想象不出来的。她还告诉他,这一次只有他和妹妹两人单独上路,其他人会趁他们不在时歇息一天。

为此,在我们揭开新的一章之际,所有人都被召唤到神殿的地窖里。光认为最好把元素和物体禁闭起来。她知道,如果放任他们随心所欲去胡闹,他们多半会溜之大吉或到处捣乱。她这样做也不算是太过残酷,因为光的神殿的地窖和地球上的人类住宅比起来更加明亮、更加可爱。只不过没有她的许可,你就没法离开此地。只有她的魔法能挥动魔杖,打开通道尽头那堵翡翠墙壁上的细缝。穿过那道裂缝,走下几级水晶台阶,他们便来到一个翡翠绿的透明洞穴,就像被穿透枝叶的阳光所照亮的森林。

通常这个绿色的厅堂是空荡荡的,但今天这里安置了沙发和黄金铸的桌子,桌上摆放了水果、蛋糕、奶油和美味的葡萄酒,它们都是光的仆人刚刚安排妥当的。光的仆人们非常古怪!两个孩子看见他们就忍不住哈哈大笑:他们穿白缎子长袍,戴着小黑帽,帽子顶尖有一炷火苗,看上去就像一根根点着的蜡烛。女主人让他们退下,告诉动物和物体要乖乖待在这里,并问他们是否希望添些书籍或游戏道具。他们大声笑着回答说,他们最喜欢的就是大吃大喝和睡大觉,这里已经足够好了。

当然,蒂洛是个例外。忠诚心压倒了贪婪和懒惰,他用漆黑的大眼珠恳求地瞧着蒂蒂尔。其实,如果不是光严令禁止,蒂蒂尔很乐意带上这位忠心耿耿的伙伴。

"我做不了主,"男孩说,他亲吻了蒂洛一下,"听说我们要去的地方是不欢迎狗的。"

突然,蒂洛欢喜地跳了起来,他脑子里冒出了个绝妙的主意。他脱离狗的生涯并不长,还没忘掉作为狗时的生活细节,尤其是他所遭受的那些苦难。最大的痛苦是什么?不就是狗链吗?蒂洛被拴在铁环上挨过了多少悲惨时光!樵夫爸爸以往带他到村子里去,他忍受了多大的耻辱啊!樵夫简直是老糊涂了,让他在众人面前一直被狗链拴着,不但大大剥夺了他和朋友们打招呼的乐趣,还妨碍他在街边角落和臭水沟里嗅来嗅去的愉悦享受,那些味道对他本是大有益于身心的啊。

"好吧,"他对自己说,"为了与我的小上帝同行,我宁可再次忍受这样丢人现眼的折磨!"

出于对传统的尊重,尽管他换了一身好衣裳,却一直保留着他的项圈,然而狗链可没留下。怎么办呢?正当他再度陷入沮丧时,他看到水躺在沙发上,以一种漫不经心的方式,拨弄着长长的珊瑚串链。他立即以他最好的风度跑到她身前,献上一番奉承话之后,请求她把她那串最大的项链借给他。水脾气很好,不但答允了他的请求,还好心地帮他把珊瑚链的末端系在他的狗圈上。蒂洛高兴地跑回主人身前,把这条临时的替代狗链递到他手里,跪坐在他的脚前说:

"就这样子带我一起走吧,我的小上帝!人类对一只可怜的小狗狗,只要它戴着狗链,就绝不再说三道四了!"

"唉,即使这样,你也没法跟着来!"光说,但她被这一自我牺牲的举动深深感动了,为了让狗心里舒服点,她告诉他,命运不久就会给两个孩子提供一次新的探险,而那时他将会大派用场。

在她说这些话时,她碰了一下那堵翡翠墙壁,墙壁打开了,让她和两个孩子穿越了过去。

她的双轮车已经在神殿的入口处待命。那辆车是用翡翠碧玉镶嵌黄金打造而成的,外观做成可爱的贝壳形状。三人在位子上坐好后,两只巨硕的白鸟随即拉着车子腾空飞起,在云层中穿行。双轮车宛如御风而行,没多久就到达了目的地。这使两个孩子非常高兴,因为乘坐着云霄飞车让他们非常开心,乐得笑逐颜开。不过,前方还有更多美好的惊喜在等待着他们。

围绕着身侧的云雾消散后,他们突然发现自己身处在辉煌灿烂的蔚蓝色的宫殿里。纵目眺望,这里一切都是蓝湛湛的:灯光、石板、廊柱、拱顶、甚至最微细的物品,一切都是美丽的、童话般的蓝色。宫殿深邃无边,引诱目光投向远方宝蓝色的臻美景象。

"这一切是多么美妙呀!"蒂蒂尔说,无法掩饰自己的惊愕。"我的天啊,太美妙了!……我们来到哪里啦?"

"我们是在未来国度,"光说,"身处于那些将在不久后出生的孩子们当中。神奇宝石可以让我们清楚地看到这个向凡人隐藏起来的世界,我们也许可以在这里找到青鸟……瞧!看那些跑过来的孩子们!"

浑身穿戴着蓝色衣物的小孩儿从四面八方奔跑过来,他们长着美丽的黑色或金色头发,一个个相貌纤巧而稚美。他们欢快地叫喊着:

"有生命的小孩!……来呀,来看有生命的小孩啊!"

"他们为什么管我们叫有生命的小孩?"蒂蒂尔问光。

"那是因为他们自己还没有获得生命。他们正等待自己出生的时刻,因为,所有出生在地球上的小孩都是从这里来的。当爸爸和妈妈想要孩子了,你后面远处的那座大门就会打开,那些小孩就会走下去……"

"他们人真多啊!他们人真多啊!"蒂蒂尔惊奇地感叹道。

"还有很多很多呢,"光说,"没人能数得清他们的数目。不过再往前走一点,你们会看到另外一些事儿。"

蒂蒂尔按光吩咐的往前走,用手肘想挤出一条路来穿过人群,但他往前移动得很困难,因为密密麻麻的蓝衫孩童都簇拥在他们周围。最后,他费劲地登上一道台阶,我们的小朋友才得以越过好奇孩子们的头顶,看到大殿各处正在发生的事。这是惊人的奇异景象!蒂蒂尔做梦也无法想象得到这样的景象!他兴奋得手舞足蹈,而米蒂尔紧拉着他的手,踮起脚尖,使劲往远处看。发现周围的景象后,米蒂尔不禁拍着小手,发出响亮的惊叫声。

四周是成千上万的蓝衫孩童,有的在玩耍,有的在闲逛,还有的在聊天或者思考。

也有许多孩子在呼呼大睡,更多的则是在工作,他们使用的仪器、工具,还有他们造出的机器和工厂,他们种植的植物、花朵和采集的果实,清一色都是澄明的天堂般的湛蓝色,和这座宫殿的外观一样。孩子群中走动着一些同样身披蓝袍的高个子,他们非常俊美,看上去就像是天使。他们走到光的跟前,微笑着,温柔地轻轻分开那些蓝衫孩童。于是那些小孩儿安静地走回去做他们正在做的事,不过仍旧在用好奇的目光远远地打量着我们的小朋友。

不过,他们中的一个留了下来,紧靠在蒂蒂尔身旁,站立着。他很幼小,从他天蓝色的丝绸长衫底下露出两只肉乎乎的粉色小脚丫。他睁着眼睛好奇地盯着有生命的小孩,不知不觉地贴近他。

"我可以和他说话吗?"蒂蒂尔问,心里又兴奋又慌张。

"当然可以,"光说,"你们要和睦相处……我会留下你们单独在一起,交谈起来会更轻松些……"

说着,她转身离开,留下两个孩子面对面站着,害羞地互相微笑着。突然,他们开始交谈起来:

"你好。"蒂蒂尔说,向小孩伸出手。

但小孩不知道这是什么意思,站着没动。

"这是什么?"蒂蒂尔继续问,用手碰了一下孩子蓝色的衣服。

小孩没有回答,他全神贯注地盯着蒂蒂尔的帽子,然后神情严肃地用手摸了一下:

"这个又是什么?"他说话的声音还有点奶声奶气。

"这个?……这个是我的帽子,"蒂蒂尔说,"你们不戴帽子吗?"

"没有,帽子是做什么用的?"那孩子问。

"它是和人家打招呼时用的,"蒂蒂尔回答说,"还有就是天气变冷的时候……"

"天气变冷是什么意思?"那孩子问。

"那就是当你像这样发着抖时,布噜噜噜噜!布噜噜噜噜!"蒂蒂尔说,"或者当你用手这样做的时候。"他双臂缩在胸前,飞快地搓着手呵气。

"地球冷吗?"那孩子问。

"嗯,有时候冷,在冬天,没有生火的时候。"

"为什么不生火呢?"

"因为生火很贵,买柴要花钱……"

那孩子瞅着蒂蒂尔,似乎蒂蒂尔说的话他一个字都听不懂,这反而把蒂蒂尔弄糊涂了。

"很显然他对所有日常生活的事情几乎毫无所知。"我们的主人公想,而那个小孩还在审视着他,眼神里对这个什么都懂的"有生命的小孩"并无丝毫敬意。

接着他问蒂蒂尔钱是什么。

"什么?就是你交钱时要用的啰!"蒂蒂尔说,懒得再做进一步的解释。

"哦！"那孩子神情严肃地说。

当然,他什么也不明白。像他这样一个小家伙,住在天国乐园,哪怕是最微不足道的愿望,他还不懂怎样用言语表达出来,这里就自动为他实现了。他怎么会懂那些事情呢？

"你多大了？"蒂蒂尔问,两人继续交谈着。

"我很快就要出生了,"那孩子说,"我将在十二年后出生……出生是件好事吗？"

"噢,是的,"蒂蒂尔想也不想就大咧咧地说,"那好玩极了！"

但当那个小孩子追问"你怎么出生的"的时候,他茫然失措了。自尊心阻止他在别的孩子面前承认有什么事是他不知道的。此时蒂蒂尔的神情变得很滑稽:两手插在马裤的裤兜里,叉开双脚,仰脸朝天,摆出一副不屑于回答的姿势。最后,他耸耸肩膀,回答说:

"我发誓,我记不得了！那是很久以前的事了！"

"据说,地球和那些有生命的人都很可爱！"那孩子评论说。

"嗯,不太坏,"蒂蒂尔说,"那里有鸟儿,有蛋糕,还有玩具……有些人什么都有,不过那些什么都没有的人可以在旁边看着其他人！"

这一想法印证了我们这位小朋友各方面的个性。他自尊心很强,很想表现得高人一等,但他从不妒忌他人,慷慨大方的天性使他能够欣赏其他人的好运气,这弥补了他的贫寒的处境。

两个孩子还聊了很多很多,不过要一一告诉你谈话的内容就太浪费时间了,因为他们谈到的事只有他们自己感到有趣。光一直在远远地看着他们,过了一会,她急急忙忙地跑过来:蒂蒂尔竟哭了！

大颗大颗的泪珠从他的脸颊上滚落下来,滴在他漂亮的外套上。她知道他正谈到他的奶奶,一想到失去了她的慈爱,蒂蒂尔就忍不住眼泪直流。他扭转脸,想掩盖自己的感情,但那好奇的小孩还在问长问短:

"奶奶死了吗?……死,是什么意思?"

"就是有些人在傍晚走了,不再回来。"

"你的亲人走了吗?"

"是的,"蒂蒂尔说,"她对我非常好。"

话音刚落,不幸的小男孩又开始哭泣了起来。

蓝衫小孩从来没有见过谁哭。他生活在一个没有忧伤的世界里。他感到非常非常的惊奇。他大声问:

"你的眼睛怎么啦?……它们是在制造珍珠吗?"

对他来说,那些泪珠是些美妙的东西。

"不,那不是珍珠。"蒂蒂尔害羞地说。

"那它是什么?"

但我们可怜的朋友不想承认他自己是个软弱的孩子。他笨拙地擦了擦眼睛,然后把它们都甩在宫殿耀眼的一片蔚蓝里。困惑的小孩继续追问:"什么东西掉下去了?"

"什么都没有,那只是一丁点儿水。"蒂蒂尔不耐烦地说,希望赶快结束这番对话。

但是无济于事。那个孩子非常固执,他用手指摩挲着蒂蒂尔的脸颊,用好奇的声调问道:

"它是从眼睛里出来的吗?"

"是的,有时候,当一个人想哭的时候。"

"哭,是什么意思?"那孩子问。

"我没有在哭,"蒂蒂尔倨傲地说,"都是那些蓝色惹的祸!……不过,如果我哭了,那应该是差不多的样子吧……"

"你在地球上经常哭吗?"那孩子问。

"男孩不会,女孩才经常哭……你们在这里不会哭吗?"

"不,我不知道怎样哭……"

"好吧,你会学到的……"

这时候,吹来了一阵大风,让他转过头去看,就在离他几步台阶的地方,有一个庞大的机器,由于他之前太投入和小孩聊天,竟然没有注意到它的存在。这是一座气势恢宏的东西,但我没法把它的名字告诉你们,因为未来国度的发明要到它们降临地球之后,人类才会给它们命名。我只能说,当蒂蒂尔看到它时,感到在他眼前飞快地旋转的那巨大的天青色翼片,活像他所住的那个世界上的风车。如果他找到青鸟的话,青鸟的翅膀也肯定不会比这更精致考究,夺人眼目。他满心敬佩地向他的新相识请教那是什么东西。

"那个?"那孩子说,"那是我要在地球上发明的东西。"

看到蒂蒂尔茫然地瞪大眼睛,他补充说:"当我去到地球,我必须发明这个东西给人们带去幸福……你想看看吗?……它就在那边,在那两根柱子中间……"

蒂蒂尔转过身去看,但马上所有的孩子都涌向他,叫嚷着:

"哎,哎,来看我的!……"

"哎,我的要好很多!……"

"我的才是了不起的发明!……"

"我的发明是用糖造成的!……"

"他那个一点都不好!……"

"我带来了一种没人认识的光!……"

最后发言的那个小孩突然全身燃亮,冒出非常奇异的火花。

被这些欢乐和喧闹簇拥着,有生命的孩子被拉到天蓝色的工厂前,每个小发明家在那忙着安装自己的机器。眼前是一个巨大的蓝色转盘,附设着滑轮、皮带、飞轮、方向盘、齿轮和各种各样的轮子,它把各种机器沿着地板滑送或发射到穹顶上去。其他蓝衫孩童有的展示地图和规划图,有的翻开厚厚的大书,有的为蓝色的雕像拆解着包装,有的搬运着巨大的花朵和果实,它们就像是用蓝宝石和绿松石制成的一样。

我们的小朋友张大嘴,目瞪口呆地站立着,两手合十:他们觉得自己是来到天国乐园了。米蒂尔弯下腰来观察一朵庞大的花,大笑着钻到花冠下面,那花冠顶在她的头上就像蓝丝缎的帽兜。一个长着黑发眼神深邃的可爱小孩扶着花茎,自豪地说:

"等我到地球后,花儿都会长成这个样子!"

"你什么时候去?"蒂蒂尔问。

"五十三年四个月零九天之后。"

接着来了两个蓝衫孩子,弯着腰背负着一根沉重的挑杆,那上边挂着一串葡萄,每颗葡萄都有鸭梨那么大。

"一串梨子哇!"蒂蒂尔叫道。

"不,它们是葡萄,"其中一个孩子说,"等我三十岁时它们就会长得这么大,我已经找到方法……"

蒂蒂尔很想尝尝它们,但又来了另一个孩子,他拐着一个几乎把他全部挡住的大篮子,大得需要高个子天使来帮他的忙。漂亮的金发覆盖着他玫瑰色的小脸蛋,他正透过柳条篮筐旁逸的枝叶隙缝间朝他们微笑。

"瞧!"他说,"瞧瞧我的苹果……"

"它们是西瓜吧!"蒂蒂尔说。

"不,不!"那孩子说,"它们是我种的苹果!等我出生后它们就会长成这个样子!我找到了种植方法!"

如果我要对小读者描述所有这些展现在主人公眼前的不可思议的精彩事物,我就会忙不过来了。突然,大殿那边爆发出一阵响亮的笑声。一个小孩提到九大行星的国王,令蒂蒂尔茫然不知所措地四处张望。所有孩子的脸上都闪耀着笑容,转头看着蒂蒂尔看不到的某个焦点。所有孩子的手指都指向同一个方向,但我们的朋友却还在徒然地张望。他们在说国王!他努力寻找那个戴着王冠、手执令牌、身材高大威严的名人。

"在那边……在那边……低一点……在你后面!"成千张嘴一起在叽叽咕咕。

"咦,国王在哪里?"蒂蒂尔和米蒂尔兴致盎然地再三追问。

突然,一个响亮而严肃的声音压倒了其他人银铃般的窃窃私语。

"我在这里!"声音里透出无比的自豪。

与此同时,蒂蒂尔发现了这个胖嘟嘟的男孩,他一直没注意到他,因为他的个子最小而且一直远离通道,以一种漠不关心的姿态坐在一根圆柱的柱脚,仿佛陷入了沉思。这个小小国王是唯一对"有生命的孩子"视若无睹的人。他那美丽、清澈的眼睛,像宫殿一样湛蓝,仿佛在追逐着无休无止的梦境。他的右手支着被思想压得沉甸甸的头,他的短袍下露出有肉窝的双膝,纯金打造的王冠扣在他明媚的黄色短发上。当他喊道:"我在这里!"他已从刚才坐着的台阶上站了起来,并试图一大步跨上这台阶。但他动作太笨拙了,一下就失去了平衡,栽倒在地,鼻子磕到地面上。他立刻爬了起来,神色尊贵,让所有人都不敢拿他来开玩笑。这一次,他手足并用地爬上了台阶,叉开双腿站着,由头到脚地打量蒂蒂尔。

"你个子不算大!"蒂蒂尔竭力忍住笑说。

"将来我必从事伟大的事业!"小国王以一种不容驳斥的腔调回答。

"那你要做什么?"蒂蒂尔问。

"我将建立太阳系总联邦!"小国王语气非常傲慢。

我们的朋友对此印象深刻,无言以对。小国王继续说:

"所有的行星将归附于它,除了天王星、土星和海王星,它们遥远得太不合常理了。"

于是,他又匍匐着爬下台阶,恢复了他最初的姿势,显示他要说的话已经说完了。

蒂蒂尔让他自个儿继续冥想去了,他很热心地尽可能与更多的孩子相识。他先后被介绍给新太阳的发现者、新笑话的发明者、把不公正从地球上清除掉的英雄,还有吹嘘克服了死亡的自命不凡者……

那么多的孩子,真要一个个地说,好多好多天都说不完。我们的朋友累了,也开始有些厌倦了,这时他突然听到有个孩子在喊他的名字,这顿时吸引了他的注意:

"蒂蒂尔!……蒂蒂尔!……你好哇,蒂蒂尔,你好哇?……"

一个穿蓝衫的小孩从大殿后面跑上来,推开挡在前面的人群。

他漂亮而瘦小,眼睛明亮,相貌像极了蒂蒂尔。

"你怎么会知道我的名字?"蒂蒂尔问。

"没什么好惊奇的,"那个蓝衫小孩说,"因为我将会成为你的弟弟!"

这一次,轮到从地球来的有生命的孩子们大吃一惊了。多么奇妙的相会啊!他们回家后肯定马上要告诉妈妈!他们在家里听到会多吃惊呀!

当他们还在转着这些念头时,那孩子继续解释说:

"我明年就要来了,在圣枝主日(复活节前的星期日)。"他说。

他向未来的哥哥抛出了千百个问题:家里舒服吗?饭菜好吃吗?爸爸凶不凶?妈妈呢?……

"噢,妈妈可好了!"年幼的米蒂尔插嘴说。

轮到他们问他问题了:他来地球要做些什么?他会带什么来?

"我会带三种病来,"小男孩说,"猩红热、百日咳和麻疹……"

"哦,只有这些吗?"蒂蒂尔失声叫道。

他连连摇头,明显感到很失望,而那小男孩继续说:

"那之后,我就要离开你们了!"

"那多不值得来一趟啊!"蒂蒂尔非常生气地说。

"我们可没有办法挑挑拣拣呀!"那小孩怒气冲冲地分辩道。

如果不是突然被一大群穿蓝衫的孩子们冲散,他们很可能还没等到在地球相见就吵起架来了。那些蓝衫孩子被赶去见某个人。这时候传来巨大的嘈杂声,仿佛门廊尽头有上千扇看不见的大门一起打开。

"怎么回事?"蒂蒂尔问。

"时光老人来了，"蓝衫孩子中的一个回答，"他来打开那些门。"

四面八方更加兴奋喧闹了。孩子们撇下他们的机器和手边的工作，睡觉的孩子们都醒了过来，每一双眼睛都热切焦急地转向大殿后面的巨型猫眼石大门，所有的口重复着同一个名字。"时光老人！时光老人！"周围到处都听见这个名字，而那神秘的声音继续响着。蒂蒂尔恨不得赶快知道这是怎么一回事。最后，他捉住一个小孩的裙角，问他。

"放开我，"那小孩焦急不安地说，"我赶时间呢：今天也许轮到我了……黎明的晨曦升起来了。今天要在地球出生的孩子是该走了……你将会看到的……时光老人卸下门闩了……"

"谁是时光老人？"蒂蒂尔问。

"一个老头儿，他来召唤那些要走的人。"那个孩子说，"他人不坏，但他不会听你说什么，有时那些没轮到的人会恳求他，没用，他把所有想偷偷溜走的人都推回来……放开我！也许轮到我了！"

正在此时，光慌慌张张地朝我们的两个小朋友赶来：

"我正要找你们，"她说，"快跟我走，千万不能让时光老人发现你们。"

她一边说着，一边把她的金色斗篷披在两个孩子身上，把他们拉到大殿的角落里，在那里他们可以看到发生的一切，而不会被人看见。

蒂蒂尔乐于被好好地保护起来。他现在知道，那人身上拥有伟大得惊人的力量，没有一种人类的力量可以抵抗他。他同时既是神又是恶魔；他赐予人生命也毁灭生命；他推动世界，快到你没有时间去好好看它；他不停地吞噬一切，永无休止；他夺走碰触到的一切东西。在蒂蒂尔的家中,他已经夺走了爷爷和奶奶、年幼的兄弟、姐妹,还有老乌鸦。他根本不关心自己夺走了什么:无论欢乐还是悲伤,无论冬季还是夏季,一切的一切都只不过是他的网中之鱼……

明白这一点以后,我们的朋友很讶异地看着未来国度的每个人都急忙跑去迎接那个人。

"我猜他不会把这边的任何东西都吞噬掉。"他想。那人来了!巨大的门在铰链声中缓慢地打开。远方传来音乐飘飘:那是地球上的声音。红红绿绿的光射进大殿,时光老人出现在进口处。他是个非常高瘦的老人,他那样老,布满皱纹的脸上呈现暗灰色,好像布满灰尘。他的白色长须一直垂到膝盖。一只手上拿着大镰刀,另一只手上拿着计时沙漏。在他身后稍远的地方,霞光万丈的大海之上停泊着一艘装潢华美的金色大船,挂着雪白的帆。

"到时间的人都准备好了吗?"时光老人问。那嗓音庄严、深沉,好像铜锣一样轰鸣,成千个孩子发出清亮的声音,如无数银铃同时响动般齐声应答:

"我们来了!……我们来了!……我们来了!……"

一会儿工夫,蓝衫的孩子们已经蜂拥着高个子老头。他把他们推回去,用粗鲁的声音说:

"一个一个来!……再说一次,比需要的超出好多人了!……你们别想瞒骗我!……"

他一手挥舞着大镰刀,用另一只手抓紧他的斗篷,拦住那些想从他身边偷偷溜过去的莽撞小子。没有一个人能逃过这位可畏老人尖利的眼睛:

"还没轮到你!"他喝住一个小孩,"你要到明天才出生!……你

也没轮到,你还要等十年……做第十三个牧人?……那里只要十二个,不需要更多的了……又一个医生?……已经有太多了,他们在地球上老抱怨这事……工程师在哪里?……他们要一个正直的人,只要一个,当作奇迹!……"

于是,一个在这之前畏畏缩缩踌躇不前的可怜小孩,吮着大拇指,胆怯地凑上前。他看上去苍白而忧郁,走路摇摇晃晃,是这么卑微可怜,连时光老人也霎时间动了怜悯之心:

"是你呀?"他大声说,"你看上去是个不良标本呀。"

他抬眼望天,目光里带着沮丧,补充说:

"你会活不长的!"

时间一点点过去。被拒收的孩子们顺着下风的方向回到自己原来的地方。每当有一个孩子被接收,其他人都用妒忌的眼光看着他。

偶尔会发生一些小麻烦,例如有个将与非正义作斗争的英雄拒绝前行。他紧靠在他的小伙伴身边,那些孩子向时光老人大叫:"先生,他不愿意走!"

"我不愿意走,"小孩哭着,用尽全身之力说,"我宁可不出生。"

"完全对!"蒂蒂尔想,因为他的想法一贯合情合理,而且他太知道地球上是怎么样的了。

在那里人们总是受到莫须有的鞭笞,而当人们犯了错,你几乎可以断定责罚将落到他们无辜的朋友身上。

"我才不想和他交换位置呢,"我们的朋友对自己说,"我宁可去捕青鸟,哪怕每天都去!"

此时,那个负责把消失的正义找回来的小小探索者啜泣着,被时光老人威吓着踏上生命之途。

这场热闹现在到达顶点。孩子们在大殿中到处跑:那些要走的人去打包他们的发明,那些要留下来的人有千言万语要交托。

"你会给我写信吗?"

"他们说没人能写信来!"

"噢,你试试呀,试一下吧!"

"宣传一下我的观点呀!"

"再见,琼……再见,皮埃尔!"

"你没忘带什么吧?"

"别丢掉了你的创意!"

"想办法告诉我们那边好不好!"

"够了!够了!"时光老人用洪亮的声音咆哮说,摇晃着他的大钥匙和他又丑又恐怖的大镰刀。"够了,起锚喽……"

孩子们登上金色的大船,扬起美丽的白绸船帆。他们再次向留下来的小伙伴们挥手告别,然而,看着远方的地球,他们欢乐地大声高呼:

"地球!地球!……我能看到你啦!……"

"它多明亮啊!……"

"它多巨大啊!……"

在这同一时刻,就像来自地底深处一样,歌声升起——遥远的充满欢乐和期待的歌声。

光微笑地倾听着这歌声,看到蒂蒂尔脸上的惊讶神情,她弯下腰来对他说:

"这是妈妈们出来和他们见面的歌。"

此时,正锁上大门的时光老人看见了我们的朋友们,激怒地向他们冲去,向他们挥舞着他的大镰刀。

"快!"光说,"快!带上青鸟,蒂蒂尔,然后和米蒂尔一起躲到我前面来。"

她把藏在斗篷底下的一只鸟儿塞进男孩的怀抱里,然后举起双手掀开她耀眼的面纱,遍体光芒四射,她不断发出各种光线,保护她的被保护人免受时光老人的攻击。

用这种方式,他们穿过了好几重绿松石和蓝宝石的门廊。那些门廊都宏伟美丽,但它们都是在未来国度里的,而时光老人是这里的大主人,所以他们必须逃离他的怒火,尽管他们曾勇敢面对。

米蒂尔害怕得不得了,蒂蒂尔神经质地一直跟着光团团转。

"别担心,"她说,"自从天地开辟以来,我是唯一一个让时光老人有所敬畏的人。你只要留心照顾好青鸟。它很美丽,它的颜色非常非常地青!"

　　这个念头让男孩感到狂喜。他感觉到那珍贵的宝物在他怀里扑打着翅膀,他的手不敢施压于那可爱生灵柔软的、温暖的羽翼,他的心和那鸟儿的心一同在跳动。这一次,他握住青鸟了!什么也不能碰触它,因为是光亲自把它交给他的。当他回到家,这是多荣耀的凯旋啊!

　　他因幸福而变得手足无措,以致忘记往哪里走,他的欢乐在他脑海里敲响一片胜利的钟声,弄得他头晕目眩,他因自豪而神魂颠倒,很不幸,这使他失去了冷静和沉着!他们正要跨出宫殿的入口,一阵穿堂风吹过门厅,扬起了光的面纱,让两个孩子的身影落入时光老人的眼中,他仍在追杀他们。随着一声愤怒的咆哮,他把镰刀向蒂蒂尔掷去,蒂蒂尔大叫一声。光闪避开那一下打击,宫殿的大门在他们身后砰的一声关上了。他们安全了!……但是,哎呀,蒂蒂尔因为吃了一惊而松开了臂膀,如今他泪眼盈盈地看着未来的青鸟翱翔在他们的头顶上空。它梦一般的羽翼如此明艳,如此轻盈,如此透明,融入蔚蓝的天空里,没一会儿,男孩已再也辨认不出它的踪影了……

第六章　光明神殿

　　蒂蒂尔在未来国度过得非常愉快。他看到许多精彩的东西，交了成千上万可以一起玩耍的小伙伴，他甚至轻而易举地找到了青鸟，它以最不可思议的方式伏卧在他怀里。他无法想象出任何东西能比它更美丽、更青蓝、更灿烂，他感到它的羽翼仍在和他的心一起扑腾，他仍把手紧紧地搂在胸前，就像青鸟仍在怀中。唉，它像梦一样消失了！

　　当他和光手牵手往回走时，他一直悲哀地想着这令人沮丧的最后一幕。他们回到神殿，走进关着动物和物体的那间地窖。他们眼前是怎样一幅景象啊！这些蠢家伙吃喝过头了，一个个醉醺醺地横七竖八躺在地板上！蒂洛完全丧失了他的自尊心，他滚到桌子底下，像海豚一样打着呼噜。他的本能倒还保留着，开门声令他竖起了耳朵。他睁开一只眼睛，但他的视力已经因他灌进肚子里的东西而大打折扣，居然认不出他的小主人来。他艰难地挣扎着想站起来。磕磕绊绊地摔倒几次以后，他终于重新站稳在地板上，发出满意的咕哝声。

面包和其他人的情况同样糟糕，唯一的例外是猫，她姿态优美地坐在大理石镶金的长椅上，看上去神态自如。她敏捷地跳下地来，微笑着走向蒂蒂尔：

"我一直渴望见到你，"她说，"因为我夹杂在这些粗俗的家伙中间感到很不舒服。他们先是喝光了所有的葡萄酒，然后就开始喧哗、唱歌、跳舞、争吵、打斗，搞得乌烟瘴气，我真高兴看到他们终于醉醺醺地昏睡过去。"

两个孩子亲切地赞扬她举止得体。事实上，这本来不算什么大不了的功劳，她还不如牛奶那样能让什么人强壮起来，不过，我们总是在应该获得嘉奖时难得到赞誉，反而有时在明明不配的时候得到它。

温柔地亲吻过两个孩子之后，蒂列特向光请求行个方便。"我已经难受地熬了这么久，"她哀诉地说，"让我出去溜达一会儿吧，独处一下会让我舒服些。"

光毫不怀疑地点头同意了。猫立刻把斗篷披在身上，正正她的帽子，把她的灰色软皮长靴一直拉到膝盖，推开门，连跑带跳地窜进了森林。稍晚之后我们将知道，奸诈的蒂列特为何如此欢乐地急于赶去什么地方，以及她秘密策划的可怕阴谋。

像往常的日子一样，两个孩子和光一起在一个镶满了宝石的大房间里进餐。仆人们面带微笑地围在他们身旁忙碌，送上美味佳肴和糕点。

餐后，我们的小朋友开始打呵欠。在经历了那么多历险之后，他们早早就感到困倦了，而光是那样慈爱和考虑周到，让他们的生活就像在地球上习惯了的样子。为了不扰乱他们的习惯以免有损健康，她在神殿的一隅安排好了他们的小床,那里黑暗得如同黑夜降临。

他们穿过好些房间,来到他们的寝室。他们一路先经过了人类已知的各种光源,然后经过那些尚未为人类所探知的光源。

一些华丽的大理石套间里用辐射线燃点出炽白强烈的光,令两个孩子感到炫目刺眼。

"那就是富有之光,"光对蒂蒂尔说,"你看它多危险。在它的照耀下生活的人,其实冒着变成瞎子的风险,它没有给柔和友善的阴影留下空间。"

她催促他们快步走过,以便他们的眼睛能在柔和的光线下得到休憩。在这里,孩子们突然感到像是回到了他们父母的茅屋,这里所有的东西都是朴素宁静的。柔弱的灯光纯净而清亮,但总是闪烁不定,随时可能熄灭。

下一刻他们来到美丽的诗人之光的地方,他们非常喜欢它,因为它有着彩虹般的各种颜色,而且,当你从它照耀下走过时,你会看到那些你无法拥有的美丽图画、漂亮花朵和可爱玩具。孩子们愉快地欢笑着,追逐着鸟儿和蝴蝶,但所有景物一被手碰到就立刻褪色消失了。

"哇,我从没见过!"蒂蒂尔气喘吁吁地跑在光的身后,说,"这比什么东西都奇怪!……我完全弄不明白!"

"你以后会明白的,"光回答说,"而且,一旦你正确地懂得它之后,你将会成为一小群人中的一员,这些人能在见到青鸟时认出它。"

离开诗人之光的领域之后,我们的朋友来到了学者之光的地盘,已知的光和未知的光在这里划出疆界。

"我们往前走吧,"蒂蒂尔说,"这里好无聊。"

说实话,他是有点害怕,因为它们是排成一长列的冷峻而令人生畏的拱门,被炫目的闪电不停地画上条纹。每一次闪电里,你都会看到些不合常理暂时无法名状的东西。

　　在走过这些拱门之后,他们来到人类未知之光的房间。虽然睡意已令蒂蒂尔感到眼皮沉甸甸,但他还是忍不住赞叹这个有紫罗兰色圆柱的大厅和红光弥漫的走廊。那些圆柱的紫色是一种很幽暗的深紫色,而那些红光只是淡淡的红色,两者都几乎无法看出来。

　　最后,他们来到了平滑无瑕的黑色之光的房间,人们管它叫黑暗,因为他们的眼睛辨别不出这种光。在这里,两个孩子躺在云絮铺就的两张小床上,立刻就坠入了梦乡。

第七章　墓园

若孩子们无须外出探险，他们就在光之国度尽情玩耍。这对他们来说宛如恩典，宫殿四周奇妙的花园和乡野美景，与镶金砌银的殿堂和游廊相比也毫不逊色。

有些植物长着宽阔无比的叶子，甚至能让他们躺在上面休憩；当清风徐徐撩拨枝叶，孩子们就像躺在吊床上摇曳着似的。光之国度永远停留在明媚的夏天，从无黑夜的阴霾；但时光却能从变幻的颜色里辨得出：这里有粉色、白色、蓝色、淡紫、青绿和黄色的时间，花朵、果实、飞鸟、蝴蝶和花园里的气息都跟随着色调变幻，使蒂蒂尔和米蒂尔沉浸在永无休止的惊喜之中。他们拥有所能想象得到的一切玩具。当他们玩累了，可以躺在小船般又宽又长的蜥蜴的后背上伸个懒腰，让蜥蜴踩着像又白又甜的砂糖一样的沙子，迅捷地驰骋在花园的小路上。当他们口渴了，水便把缕缕清泉注入无数的花朵里，让孩子们直接捧着百合、郁金香和喇叭花啜吸。当他们感到饿了，就摘发光的果子来吃。果实的味道尝起来就像光，迸溅的果汁好像太阳的光线一般闪耀。

灌木丛里还有一个用白色大理石堆砌起来的池塘，蕴含着奇妙的魔力:它清澈的池水不会映出面孔,却会映出窥照者的灵魂。

"简直就是荒唐的发明。"猫这么说着,坚持不肯靠近池塘一步。

亲爱的读者,既然您像我一样了解她的思想,当然不会奇怪她为什么会拒绝靠近。同时您也会理解,我们忠诚的蒂洛为什么毫不在乎地伏在池塘跟前畅饮解渴。他无须畏惧向大家揭示自己的思想,因为他是唯一从不动摇其灵魂的小生灵。可敬的小狗除了爱、仁慈和奉献以外,没有任何别的想法。

当蒂蒂尔向魔法水镜俯身探视,他总能看到一只美丽绝伦的青鸟,因为他是那么执著地期盼着,寻找青鸟的念头已经占据了他的所有思想。他一次次地来到光面前祈求道:

"告诉我它在哪里吧!……您什么都知道,请告诉我在哪里能找到它吧!"

但她总是用神秘的语气轻轻道:

"我什么都不能告诉你。你会自己找到它的。"她亲亲他的脸颊,接着说:"高兴起来吧,经历每次考验都会让你离它更近。"

有一天,她对蒂蒂尔说:

"我收到仙女贝丽伦传讯,青鸟可能藏在墓园里……似乎墓园有位往生者把它藏在自己的棺枢里了……"

"我们该怎么办?"蒂蒂尔问道。

"很简单:半夜时分你旋转宝石,就会看到死者苏生,从地底走出。"

听到这番话,牛奶、水、面包和糖尖叫嘶吼起来,吓得牙齿直打架。

"别理会他们,"光悄声嘱咐蒂蒂尔,"他们只是畏惧死人。"

"我才不怕它们呢,"火噼啪乱蹦,"我以前还烧它们,比现在好玩儿多了。"

"噢,我觉得快要晕过去了。"牛奶呜咽着说。

"我不害怕,"小狗话是这么说,四肢却打着战,"但是,如果你要打退堂鼓……我也很乐意跟着逃……"

猫坐在那儿,一边捻弄着胡须,一边以惯常神秘兮兮的语调说道:

"我可知道是怎么回事。"

"安静,"光说,"仙女已颁下严格的命令。你们都和我一起在墓园门口等着,孩子们单独进去。"

蒂蒂尔一点儿都感觉不到快乐了。他问:

"您不和我们一起进去?"

"不,"光说,"还不是这么做的时候。光还不能进入到死者之中。况且,没有什么可害怕的。我不会离你太远,所有钟爱我以及我所钟爱的人都不会离开我。凭着爱,总是能与我重逢……"

她的话音未落,孩子们周围的一切全变了。奇妙的宫殿、闪烁的花朵和精美的花园瞬间消失无踪,代之以一派贫瘠的荒墓景象,躺卧在微微的月光之下。孩子们身旁散布着无数坟墓,坟包上荒草丛生,触目可见枯朽的十字架和石楦棺柩。蒂蒂尔和米蒂尔抓住对方的手,害怕得紧紧地抱在一起。

"我好害怕!"米蒂尔说。

"我永远不会被吓倒。"蒂蒂尔结结巴巴地说,虽然他已经吓得浑身打战,却不愿意把这感觉说出口。

"我说,"米蒂尔问,"死人会伤害我们吗?"

"为什么?不,"蒂蒂尔说,"他们已经死了!"

"你以前见过死人吗?"

"嗯,就一次,很久以前,那时候我还小……"

"那是什么样子的呢?"

"惨白惨白的,非常僵硬,非常冰冷;而且他们不说话……"

"我们现在是要去见他们吗?"

蒂蒂尔战栗起来,回答的声音无法再镇定下去:"怎么还问,当然了,光已经这么说过了!"

"死人在哪里?"米蒂尔问道。

蒂蒂尔惊惶地四处张望,现在落了单,他们都不敢独自唤醒沉睡的死灵。

"死人在这里,"他说,"要不在草堆下,要不就在大石头下压着。"

"那是他们的房门吗?"米蒂尔指着石棺问道。

"是啊。"

"他们平常会出来活动吗?"

"他们只能在晚上出来。"

"为什么呢?"

"因为他们穿着夜袍。"

"那么下雨的时候他们会出来吗?"

"下雨天他们都在屋子里待着。"

"他们的房间漂亮吗?"

"听说里头很狭窄。"

"他们有小孩子吗?"

"为什么问这个? 是的,他们有死去的小孩。"

"那他们吃什么呢?"

蒂蒂尔在回答前思考了一会儿。作为米蒂尔的哥哥,他觉得自己有责任当个百事通。可她的问题老是让人犯难。他突然醒悟,既然死人住在地底,就难以吃到地面上的食物。于是他信心十足地回答道:

"他们吃树根呢!"

米蒂尔对这个回答很满意,但是那个最重要的问题还是满满地占据着她的小脑袋瓜:"我们会见到他们吗?"她重又问道。

"当然,"蒂蒂尔说,"等我转动宝石就什么都看到了。"

"他们会说些什么呢?"

蒂蒂尔开始失去耐性了:

"他们什么都不会说,因为他们不说话!"

"他们为什么不说话呢?"米蒂尔问。

"因为他们无话可说。"蒂蒂尔又被难住了,比以往都要困惑难解。

"为什么他们无话可说呢?"

这次,小哥哥已经完全丧失了耐心。他耸了耸肩,推了一把米蒂尔,生气地喊道:

"你真讨厌!"

米蒂尔又难过又困惑。她把大拇指塞进嘴巴里,决心再也不说一句话,因为哥哥待她太坏了!但是一阵风扫过,簌簌作响的树叶仿如林间细语,马上把孩子们带回到孤独和恐惧之中。他们紧紧地抱在一起,再次交谈起来,好像这样就不会感受到恐怖的寂静。

"你打算什么时候转动宝石?"米蒂尔问。

"你听见光说了,我要等到午夜,这样不会过分骚扰他们。他们都趁那个时候出来透气……"

"难道现在还不是午夜吗……"

蒂蒂尔回头看教堂的挂钟,差点没力气说出话来,指针正指着那个时间。

"听,"他结结巴巴地说,"听着……快要撞钟了……就是这个!……你听见了吗?……"教堂的钟声当当当地敲了十二下。

米蒂尔害怕得心脏都要跳出来了,跺着脚发出断断续续的尖叫声:

"我要离开这里!……我要离开这里!……"蒂蒂尔虽然恐惧得发僵,还是努力发出了声音:

"现在不行……我要转动宝石了……"

"不,不,不!"米蒂尔大喊,"我好害怕,哥哥!……不要转!……我要离开这里!……"

蒂蒂尔试图抬起手去够那颗宝石,但是米蒂尔死命缠着他,把全身重量都压在哥哥的胳臂上,用最高亢的嗓音尖叫着说:

"我不想看到死人!……他们糟透了!……我决不能看他们一眼!……我太恐惧了!……"

"时间快过去了,"他喊道,"就是现在!"

他奋力挣脱米蒂尔的胳臂,转动了那颗宝石……

孩子们感到一阵恐怖的寂静,然后眼睁睁看着十字架摇摇欲坠,坟包龟裂,巨大的石板缓缓地抬起来……

米蒂尔把脸抵住蒂蒂尔的胸膛:

"他们要出来了!"她大声哭喊,"他们在那里!……他们在那里!……"

巨大的恐惧超出了这位勇敢小伙能忍耐的极限。他闭上双眼,后背抵着树干,极力不让自己晕厥过去。他一动不动,一分钟就像一个世纪那般漫长,蒂蒂尔既不敢动,也不敢呼吸。然后他听见小鸟的歌声,一阵温暖而清香的微风扑扇到他的脸上,吹拂着他的手和颈项。他感到仿若和煦的夏日阳光般的柔柔暖意。他心里的恐惧已经消除,却不敢相信真有这等的奇迹发生,等睁开双眼定睛一看,禁不住幸福而钦佩地叫喊起来。

所有洞开的墓穴都长出了瑰丽的花朵。它们遍地都是,路径上,树枝上,草坪上,它们长得那么高,好像快要伸进天空里一般。这些美丽的玫瑰已经完全盛开,从那奇妙的金色心房里喷涌出热烈的光线,冲刷着蒂蒂尔,让他沐浴在夏日的暖意之中。

"我不敢相信这一切!这不可能!"蒂蒂尔说,"瞧那些坟墓和十字架变成了什么?"

两个孩子目眩神迷,手牵着手在已经消失无踪的墓园里闲荡。这里每一寸土地都已变成奇妙的花园。经历了如此恐怖的夜晚,他们此刻欢欣喜悦的心情简直无法描述。他们想象过丑陋的骷髅从地底钻出来,一边拉扯可怕的鬼脸一边追赶他们;还有各种各样恐怖的事情。但现在,真理展示在他们面前,以往听闻的故事都是奇谈怪说,死亡并不存在。他们亲眼见证到,死并不存在,生命永远都以鲜活的形态存在着。枝头脱落的玫瑰虽然褪色,却将生命赐予了新生的花朵,它飘坠的花瓣,使空气充溢着芳香。绽露的鲜花坠落树底,才能结成硕果;而肮脏、毛刺刺的蛹虫,一天却会变成光彩四射的蝴蝶。毁灭并不存在……一切只是变化……

美丽的小鸟围绕着蒂蒂尔和米蒂尔盘旋,其中并没有青色的小鸟。但两个孩子为着新发现,是那么的欢欣鼓舞,已经无暇他顾。他们一直震惊又洋溢着喜悦地喃喃重复道:"死亡并不存在!……死亡并不存在!……"

第八章 森林

蒂蒂尔和米蒂尔上了床,光吻别他们之后就立刻离去了,因为她不想身上发射出来的光芒影响他们进入梦乡。

大概是半夜时分,蒂蒂尔正做着关于蓝衫小孩子的梦时,突然感到有一只天鹅绒般温软的爪子来回地在他脸上摸。他从梦中惊醒,有点害怕地在床上坐了起来,不过当他认出老朋友蒂列特那一双神采奕奕的眼睛在黑暗中闪闪发光时,马上安下心来。

"嘘!"猫凑近他的耳边说,"嘘!不要吵醒任何人。只要我们能设法不被人发现而溜出去,我们今晚就会把青鸟捉到手。最亲爱的主人,我冒着生命危险筹划出一个方案,它肯定能指引我们走向胜利。"

"可是,"男孩亲吻了蒂列特一下,说,"光会很乐意帮我们忙的……再说,违反她的吩咐我会很为难的……"

"如果你告诉了她,"猫尖利地说,"那就全泡汤了,相信我吧。按我说的去做,我们就赢定了。"

说着这些话,她快手快脚地帮蒂蒂尔和米蒂尔穿上衣服。米蒂尔是被他们的声音吵醒的,她也要跟着他们去。

"你一点都不懂事,"蒂蒂尔抱怨地说,"你太小了,你不知道我们要去做一件不该做的事……"

但是奸诈的猫反驳了他的所有异议,她说他们至今找不到青鸟的原因都是光的错,她总是随身携带着光明。假如让孩子们自己独自去黑暗中狩猎,他们很快就会找到所有能让人类幸福的青鸟。这个女叛徒乔装得这么聪明,没多久,蒂蒂尔自己也觉得违背光的吩咐变成了一件好事。蒂列特说的每句话都给他将要做的事提供了一个很好的借口,或用高尚的思想加以美化。蒂蒂尔还不够坚定,不懂用意志去抵抗奸狡的话语,轻易就被蒂列特说服了。他们迈着坚实和欢快的步伐走出了光的神殿。可怜的家伙,他又怎么会猜得到,等待他的是多么恐怖的陷阱!

这三个伙伴出发了,在白森森的月光下穿过田野。猫显得非常兴奋,口中说个不停,小脚迈得飞快,孩子们勉励追赶才能跟得上她的步伐。

"这一次,"她宣布说,"我们将获得青鸟,我确信这一点!我问了非常古老的森林中的所有树,它们知道那青鸟,因为它就藏身在它们之中。为了让所有人都在场,我派了兔子去传令集合,并召集乡村的主要动物参加。"

一小时后,他们来到黑森林的边缘。他们回看来时的路,远远望见仿佛有谁朝着他们匆匆跑来。蒂列特弓起了背:她感觉到这必是她摆脱不掉的死敌。她愤怒得全身颤抖——难道他又要再一次阻挠她实现自己的计谋?难道他猜到了她的秘密?难道他会在最后一刻出现,拯救孩子们的生命?

她挨近蒂蒂尔身边,用她最甜言蜜语的腔调小声地说:

"我很抱歉地告诉你,那是我们尊敬的狗朋友。真是太可惜了,因为他的出现会令我们功亏一篑。他同所有人都处不来,甚至和树也是。必须赶他回去!"

"滚开,你这畜生!"蒂蒂尔冲狗挥舞着他的拳头说。忠心的老蒂洛,他疑心猫在捣鬼所以才赶来,被这冷酷的呼喝深深地伤害了。他打算叫喊,却因为奔跑还没喘过气来,而且想不出自己该说什么。

"我叫你滚开!"蒂蒂尔重说一遍,"我们这里不需要你,没什么好说的……你就是个惹人讨厌的家伙!……"

狗是驯服的动物,如果在其他场合,他应该早已离开了,但他的感觉告诉他,今天这件事非同小可,他固执地一动不动。

"你能容忍这种拒不服从的行为吗?"猫对蒂蒂尔悄声耳语,"用你的棒棍教训他呀。"

蒂蒂尔听从了猫的唆使,用棍子打蒂洛:

"给你一下,它会教你怎么听话!"他说。可怜的狗挨了打哀叫连连,但这并没有使他放弃自我牺牲的精神。他大胆地靠近小主人,用手搂住他,叫道:

"既然你打了我,该轮到我吻你啦!"

蒂蒂尔其实心地十分善良,他不知道该拿狗怎么办才好。而猫则像野兽一样在牙缝里咒骂。幸亏,亲爱的小米蒂尔干预了这件事,保护了我们的朋友。

"别赶他走,别赶他走,我要他留在这里。"她支持蒂洛说,"如果蒂洛不在这里,我会很害怕。"

时间宝贵,他们必须做出决定。

"我会另谋他法除掉这白痴!"猫心里默默地盘算。于是她转身向着狗,摆出最高雅的风度说,"如果你愿加入,我们无人欢迎!"

进入大森林,两个孩子紧紧贴在一起,而猫和狗则分别守护在他们两侧。森林的静默和黑暗令他们心生敬畏。听到猫的声音时,他们才安心下来。猫说:

"我们到了!转动宝石!"

随即,宝石发出的亮光扩散到他们四周,向他们展示出一幅奇异的图景。他们站在森林中央一片巨大的圆形空地中心,四周是年深月久的参天巨树。宽广的林荫道在暗绿色的树林中勾勒出洁白的星形。一切本是那么宁和安静,但是霎时间,叶丛中掠过一阵奇怪的颤动,枝条像人的上肢一样伸缩活动起来,树根从覆盖其上的泥土中拱起,拧合到一处,变成腿和脚的模样,轰然踩落在大地上。巨大的撞击声在空气中掠过,众多的树干猛然打开,释放出各自的灵魂,他们看起来就像滑稽戏里的人物一样。

他们中有些是缓慢地从树干中走出来的,有些则是一跃而出,他们所有人好奇地围着我们的小朋友聚集起来。

饶舌的白杨树开始像喜鹊似的叽叽喳喳起来:

"小人儿!我们可以和他们说话了!我们不再是哑巴啦!……他们是从哪里来的?……他们是谁?"

他就这样地喋喋不休地唠叨着。

柠檬树是个愉快的胖子,他平静地走来,抽着烟斗;自恋的花花公子栗子树把眼镜揉进眼睛里,好瞧清楚孩子们。他穿着一件绿色丝绸外套,上面刺绣着粉红色和白色的花,他觉得这些小孩太过寒酸,便鄙夷地扭头走开。

"他觉得他是大人物,因为他住在城里!他鄙视我们!"白杨树冷嘲热讽地说,他很妒忌柠檬树。

"噢,亲爱的,亲爱的!"柳树哭着说。他是一个可怜的发育不健全的家伙,他穿了一双过大的木屐,走起路来咔嗒咔嗒响。他说:"他们来是要砍掉我的脑袋和手臂去当柴烧!"

蒂蒂尔不敢相信自己的眼睛。他不停地向猫发问:

"这是谁?……那是谁?……"

而蒂列特就一一向他介绍每棵树的灵魂。

那是榆树,他是个气喘吁吁的大肚子,坏脾气的侏儒;山毛榉,他是个优雅、活泼的生灵;桦树,他看上去就像夜宫里的幽灵,穿着同样平滑的白衫,同样不停地比画手势。个子最高的是冷杉,蒂蒂尔发现很难看清楚他的脸,因为他的脑袋置放在那又高又瘦的躯干的顶端。

但是他看上去温文而忧郁,相反,站在他身旁的柏树则裹着一身黑衣,让蒂蒂尔不寒而栗。

可是,至今还没有可怕的事发生。树精们很高兴能够开口说话,一起在叽叽咕咕地说个没完。而我们的年轻朋友则打算单刀直入地向他们打听青鸟藏在哪里。这时,全场突然一下子安静下来。树精们恭敬地弯腰致意,分列两侧,为一位庞大的老树精让出一条路。他穿着绣着苔藓和地衣的长袍。他一手拄着拐杖,另一只手搭在一位年轻的橡树苗精身上,后者充当着他的向导,因为老橡树是个瞎子。他那又长又白的胡子在风中飘动。

"它是树王!"看见他的槲寄生王冠后,蒂蒂尔对自己说:"我要向他打听森林的秘密。"

他正要走向树王,突然停住了脚步。他又惊又喜地发现——眼前就坐着一只青鸟,栖息在老橡树的肩上。

"他有青鸟!"男孩兴高采烈地欢呼着,"快!快!把它给我!"

"肃静!闭上你的嘴!"群树大吃一惊,连忙喝止他。

"脱下你的帽子,蒂蒂尔,"猫说,"这是橡树大人。"

可怜的小男孩立即微笑着服从了,他丝毫不知道危险正威胁着他。当橡树问他是不是樵夫蒂尔的儿子时,他毫不犹豫地回答道:"是的,先生。"

这时,橡树愤怒得全身颤抖,开始对蒂尔爸爸做出可怕的指控:

"单单是我的家族成员中,"他说,"你父亲害死了我六百个儿子,四百七十五个叔伯兄弟,一千二百个表兄妹,三百八十个儿媳妇和两千个曾孙!"

无疑,愤怒使他有少许夸大其词,但蒂蒂尔闻言并没有表示异

议,而是彬彬有礼地说:

"先生,请原谅我打断你一下……猫说你会告诉我们青鸟在哪里。"

橡树年纪太大了,不想知道所有那些关于人与动物的事情。当他猜到猫设下的陷阱时,他在胡须底下偷偷笑了。他很高兴,因为他很久以来就希望为遭到人类奴役的整个森林复仇。

"是为了仙女贝丽伦的小女儿,她病得很重。"男孩继续说。

"够了!"橡树制止了男孩的话,"我没有听见动物的声音……他们在哪里?……所有这些事既牵涉他们也牵涉我们……事关重大,但不该我们树之一族独自来承担责任。"

"他们来了!"冷杉树越过其他树的头顶居高临下地俯视四周,说,"他们跟着兔子来了……我看见有马的灵魂、公牛的灵魂、阉牛的灵魂、母牛的灵魂、狼的灵魂、绵羊的灵魂、猪的灵魂、山羊的灵魂、毛驴的灵魂,还有熊的灵魂……"

所有的动物现在都到了。他们用后腿行走,穿得和人一样。他们严肃地接受了指定给他们的位置,在树的中间团团围坐成圆圈,只除了生性轻佻的山羊。他跳下了林阴道;而猪,他希望在刚刚离开泥土的树根那里找到一些美味的松菌。

"所有人都来齐了吗?"橡树问。

"母鸡不能离开她的那些蛋,"兔子说,"野兔出门溜达去了,鹿的角和脚上的鸡眼犯病了,狐狸病倒了——有医生证明……鹅不知道有这回事,火鸡在发脾气……"

"瞧!"蒂蒂尔对米蒂尔说,"他们不是很有意思吗?他们就像圣诞节时摆在玻璃窗里的那些有钱小孩的精美玩具。"

那只兔子最让他们发笑,他硕大的耳朵上戴着一顶三角帽,穿着蓝色绣花外套,胸前挂着个鼓。

与此同时,橡树向动物们解释了他的树族兄弟们的境况。奸诈的蒂列特寄望于他们的仇恨看来非常正确。

"你们看见的前面这个小孩,"橡树说,"从大地能量中偷来一条符咒,靠它就能够占有我们的青鸟,从而夺走我们从生命起源起保存至今的秘密。"

"现在我们对人类已很知根知底,一旦他掌握了这个秘密,等待我们的命运是可想而知的……任何犹豫都将是愚蠢和犯罪……这是严峻的时刻,必须及早干掉这个孩子……"

"他在说什么?"蒂蒂尔问,他没听懂老橡树的弦外之音。

狗一直悄悄绕着橡树打转,现在龇出了尖牙:

"你看见我的牙齿了吗,你这个老残废?"他咆哮说。

"他竟敢侮辱老橡树!"山毛榉愤慨地说。

"撵他出去!"橡树愤怒地大嚷,"他是个叛徒!"

"我跟你说什么来着?"猫对蒂蒂尔小声说,"我会摆平这件事……但要把狗送走。"

"你快滚开!"蒂蒂尔对狗说。

"让我撕破这个痛风老乞丐的苔藓拖鞋。"

蒂蒂尔徒劳地想阻止他。蒂洛怒不可遏,他明白事情的危险性。如果不是猫想到把一直待在远处的常青藤叫来,他本来可以成功地拯救主人的。狗像发了狂似的蹦啊跳啊,攻击每一个人。他对常青藤骂道:

"来呀,有胆你就过来,你这个老麻绳球!"

旁观者纷纷咒骂着,老橡树看见他的权威被人无视,气得脸色发白。树族和动物们都愤愤不平,但是,由于他们是懦夫,没有一个敢出头说话。如果他继续他的叛逆行为,狗本来不难降服他们所有人。但蒂蒂尔那么严厉地威吓他,蒂洛不禁屈服于自己的温驯天性,躺倒在主人的脚下。由此可见,当我们不加区别地滥用威权,最好的美德也会成为错误。

从那一刻起,孩子们输了。常青藤把可怜的狗绑起来并塞住了他的嘴巴。狗被拉到栗子树后,绑在最粗的树根上。

"现在,"老橡树用沉雷般的声调说,"我们尽快交换一下意见……这是头一回让我们来审判人类!我认为,在我们遭受过巨大的不公正之后,人类要面临的判决,是毫无疑问的……"

周围所有的生灵异口同声地大叫:

"死刑！死刑！死刑！"

可怜的孩子们一开始不明白他们面临的厄运，因为树木和动物们都习惯于用他们自己的特殊语言来交谈，说话不是很清楚，而且，那两个天真的孩子怎么也想象不到是这样残酷的事！

"他们怎么啦？"小男孩问，"他们不高兴吗？"

"别慌，"猫说，"他们只是有些郁闷，因为春天姗姗来迟……"

她故意凑到蒂蒂尔的耳边说话，好引开他的注意力，看不到正在发生的事。

容易轻信的少年人侧耳听她扯谎时，其他人则在讨论哪一种死法最实际和最为安全。野牛建议用犄角来一记猛撞，山毛榉树则乐意提供他最高处的枝条用来吊死两个小孩，而常青藤已经在准备绞刑用的活结扣！冷杉愿意给出四块板做棺柩，柏树则愿意永久性批出一块墓地。

"最简单的方法，"柳树轻声说，"是把他们淹死在我的河流里。"

而猪在齿缝里咕哝说：

"在我看来，最好不过是把那小女孩吃掉！……她的口感应该非常鲜嫩……"

"肃静！"老橡树吼道，"我们要决定的是我们中哪一个有这荣耀，第一个去动手！"

"那光荣属于你，国王！"冷杉说。

"唉，我太老喽！"橡树回答，"我是个瞎子，又人老力衰！这光荣给你吧，我的常青兄弟，站在我的位置，做出决定性的一击，为我们争得自由。"

但冷杉拒绝这项荣耀，托言自己已经拥有埋葬两个死者的乐趣，怕招来其他人的妒忌。他建议由山毛榉顶上,因他拥有最好的大棒。

"恕难从命,"山毛榉说,"你知道我已经被虫蛀空了!叫榆树或者柏树来干吧。"

榆树随即开始咿咿呀呀地呻吟起来:有只鼹鼠前晚扭歪了他的大拇指,使他很难站直。柏树也砌词推脱,于是杨树也宣布自己病了,发烧打摆子。老橡树的怒火终于爆发了:

"你们是被人类吓怕了!"他大声说,"连那些没有自卫能力、没有武器的小孩子都能令你们怕得要死!……好吧,我独个儿去,像我这样又老又弱又瞎眼,对抗世世代代的宿敌!……他在哪里?……"

他用拐杖摸索着前行,一路走向蒂蒂尔一路咆哮。

我们不幸的小朋友在刚才这几分钟里很忧虑。猫突然离开了他,说她要平复一下激动,然后一去不回。米蒂尔紧贴着他在发抖,他感到非常孤单,站在这些开始流露出敌意的可怕人群中间让他难受极了。当他看到橡树带着威胁的神色走向他时,他拔出折叠小刀,男子气十足地做出反抗。

"他要冲着我来吗,这个拿拐杖的老家伙?"他喝问。

但是,一看到那刀,对于人类这不可抵抗的武器,树木们都吓得发抖,冲向老橡树把他拽了回来。树精们扭打挣扎了好一阵,老橡树国王终于屈服于岁月的沉重,抛开了拐杖。

"太丢人了!"他大声喊,"太丢人了!只好让动物来拯救我们了!……"

那些动物们等的就是这句话!个个都要一起来复仇。幸运的是,他们太过热衷而引发了一场混战,拖延了对两个小孩实施谋杀的时间。

米蒂尔发出尖利的叫声。

"别害怕，"蒂蒂尔说，并尽全力去保护妹妹，"我有刀。"

"这小家伙看来宁死不屈啊！"公鸡说。

"那一个我要先吃掉。"猪说，双眼贪婪地盯着米蒂尔。

"我得罪了你们所有人吗？"蒂蒂尔问。

"完全没有，小人类，"绵羊说，"只不过吃了我的一个小弟弟、两个姐妹、三个叔伯、一个婶婶，还有我爷爷和奶奶而已……等着吧，等着吧，等你倒下时，你就会看到我也是有牙齿的……"

绵羊、驴、马这些怯懦的家伙，都在等待小男孩被打倒后，才敢上前去捞一点便宜。

当他们正说着时，狼和熊狡诈地从后面袭击蒂蒂尔，把他推倒在地。最危险的一刻来了。所有的动物，一看见他倒地，都想扑上来抓住他。男孩单脚跪立，挥舞着他的小刀。米蒂尔发出悲痛的呼叫，最可怕的是，森林突然一下子变得黑沉沉的。蒂蒂尔发狂地呼唤救援：

"救命！救命！……蒂洛！蒂洛！……快来帮忙！……蒂列特哪去了？……快来！快来！……"

远远听到猫的声音，她狡猾地躲在看不见的地方。

"我没法来！"她哭诉，"我受伤了！"

勇敢的小蒂蒂尔始终竭尽全力自卫反抗，但他是孤单一个人对抗他们全体。当他意识到自己会被杀死时，他用颤抖的声音，再一次呼叫：

"救命！……蒂洛！蒂洛！……我顶不住了！……他们人太多！……熊！猪！狼！驴！冷杉！山毛榉！……蒂洛！蒂洛！蒂洛！……"

这时狗终于连跑带跳地赶来,他拖着挣断的藤蔓,拳打肘击在群树和动物中间冲开一条路,投身到他的主人一边,保护着主人。

"来啦,我的小上帝!别害怕!揍他们!我最懂怎么使用牙齿了!"

所有的树和动物发出一片响亮的咒骂声:

"叛徒!……白痴!……变节者!……恶棍!……傻瓜!……告密者!……离开他吧!……他必死无疑了!……回到我们这边来!……"

"绝不!绝不!……我独自对付你们所有人!……绝不!绝不!……我忠于上帝,忠于最好的人,忠于最伟大的人!……当心,我的小主人,熊来了!……提防那只公牛!"

蒂蒂尔徒劳地努力保护着自己:

"我完了,蒂洛!我挨了榆树一下!我的手流血了!"他跌倒在地上,"完了,我再也不能坚持下去了!"

"他们来了!"狗说,"我听见有人来了!……我们得救了!那是光!……得救了!得救了!……看,他们害怕了,他们撤退了!……得救了,我的小国王!……"

果然,光向他们跑来,霞光随着她徐徐升起,照遍森林,林间顿时亮如白昼。

"那是什么?……发生了什么事?"她看见小兄妹和亲爱的蒂洛遍体鳞伤,担心地问,"怎么啦,可怜的孩子,你难道忘记了吗?赶快转一下宝石!"

蒂蒂尔赶紧照办,立刻所有那些树精都退回他们的树干中,树干把他们封闭在里面。动物的灵魂也消失了,什么也看不见,只见远处

一头母牛和一只绵羊安静地在吃草。森林重新恢复和谐,蒂蒂尔惊愕地看着周围:

"没事,"他说,"全靠了狗……假若我没有小刀的话!"

光认为他已经得到足够的惩罚,没再责备他。此外,她为他惹出这场危险而忧心忡忡。

蒂蒂尔、米蒂尔还有狗庆幸平安无恙地重新相会,彼此交换热吻。他们笑着数身上的伤口,它们都不太严重。

蒂列特是唯一大惊小怪的人:

"狗弄伤了我的爪子!"她喵喵叫道。

蒂洛认为自己最好咬她一口:"别在意!"他说,"那伤老也不会好的!"

"你能放过她吗,你这个畜生?"米蒂尔说。我们的朋友们在冒险之后,回到光的神殿休整。蒂蒂尔后悔他的违令行为,不敢提到他曾经在森林里看到青鸟的事,而光则温柔告诉孩子们:

"亲爱的,愿你们通过这件事明白,人类是孤独地对抗这整个世界。别忘了这一点。"

第九章　告别

自从孩子们起程上路以来,许多个月过去了,分手的时刻已近在眼前。近来,光很忧伤。她忧伤地数着日子,完全不与动物和物体们说话,他们对威胁着他们的厄运一无所知。

我们上一次见到他们时,他们都在神殿的露天花园里。光站在大理石的露台上望着他们,蒂蒂尔和米蒂尔睡在她身边。十二个月来发生了很多事,但由于他们的智力不足以驾驭这些事,这些动物和物体的生活没有因此而进步,相反更糟:面包吃得太多,以致现在已无法行走;而牛奶仍然习惯于奉献,用轮椅拉着他前行。火的坏脾气让他跟每个人都吵架,结果变成了孤家寡人,郁郁寡欢。水总是人云亦云没主见,终于屈服在糖的甜言蜜语之下,两人现在已结了婚。而糖的模样看上去最惨:这可怜的家伙和过去的自己相比瑟缩得有如影子,明显一天比一天消瘦,比过去更加呆头呆脑;而水结婚后也失去了自己最重要的迷人之处:她的纯朴。猫仍然如往常那样是个骗子,而我们的亲密朋友蒂洛则永远无法克服对猫的仇恨。

"可怜的东西!"光叹息着想,"他们虽然享受到了生命的好处,却未能因此获益!他们走遍了我这座和平的神殿,却对这里环绕在他们身边的所有奇妙事物视而不见。他们不是彼此争吵,就是暴饮暴食直到病倒。他们太愚钝,无法欣赏幸福,他们在幸福的初次出现时懵然不知,要到失去它的时候……"

这时,一只有着银色羽翼的美丽鸽子飞落在她的膝上。它的脖子上戴着祖母绿宝石的项圈,项圈的扣环上绑了一张纸条。这鸽子是仙女贝丽伦的信使。光打开信,读到这几个字:

"别忘了一年届满。"

光站起身来,挥动一下魔杖,所有东西瞬间从眼界中消失了。

几秒钟之后,所有人会合在一堵高墙之外。高墙下有一道小小的门。朝霞的第一道光线为树梢镀上了金色。光怜爱地用手搂抱着蒂蒂尔和米蒂尔,他俩醒来,揉着眼睛,惊讶地看着周围的同伴。

"怎么啦?"光对蒂蒂尔说,"你不认得这道墙和小门了吗?"

睡眼惺忪的小男孩摇摇头——他什么也不记得了。于是光帮助他唤醒记忆:

"这道墙,"她说,"围着一间房子,正好一年前这一天的晚上,我们离开了那里……"

"正好一年前?……咦,那么说来……"蒂蒂尔高兴地拍起手,冲向那道门,"我们肯定离妈妈很近!……我要亲亲她,马上,马上,马上!"

光拦住了他。她说:为时尚早,蒂蒂尔的父母还在睡梦中,他决不可以把他们惊醒。

"再说,"她补充说,"那道门时辰未到是不会打开的。"

"什么时辰?"小男孩问。

"分手的时刻。"光悲哀地回答说。

"什么!"蒂蒂尔万分痛苦地说,"你要离开我们了?"

"我不得不离开,"光说,"一年已经过去了。仙女将回来向你索要青鸟。"

"但我没有青鸟!"蒂蒂尔哭着说,"怀念之地的那只变黑了,未来国度的那只飞走了,夜宫的那些都死了,墓地的那些鸟都不是青色的,而在森林那里我一只青鸟都没捉到!……仙女会生气吗?……她会说什么?……"

"千万别担心,亲爱的,"光说,"你尽全力了。尽管你没有得到青鸟,但你已经配得起它,你显示出了善良、胆识和勇敢的美德。"

在说这些话的时候,光的脸上洋溢出幸福的神情,她知道,配得到青鸟和得到青鸟几乎就是同一回事,不过她不可以说出来,因为那是一个美好的秘密,蒂蒂尔必须自己去解决这个难题。她转过身来朝向正站在角落里哭泣的动物和物体们,叫他们走上前来,和两个孩子吻别。

面包立刻把鸟笼放在蒂蒂尔的脚下,开始做演讲:

"我谨代表大家,请允许我……"

"你不代表我。"火叫道。

"请遵守秩序!"水冲着火喊。

"我们还有舌头替自己说话!"火咆哮说。

"是啊!是啊!"糖尖叫道。他明白最后时刻已在眼前,不停地吻着水,在其他人的眼前渐渐溶化。

可怜的面包徒然地想提高声音压倒喧哗声让人听到。光不得不介入,命令大家沉默。然后面包说出他的最后致辞:

"我要离开你们了,"他在啜泣声中断断续续说,"我要离开你们了,亲爱的孩子们,你们将再也不能看到我这副有生命的模样……你们的眼睛将会看不见物体们无影无形的生命,但我将永远在那里:在面包盘里、在橱架上、在桌上、在汤的旁边,我敢说,我是人类最忠实的同伴、最古老的朋友……"

"得了吧,那我算什么?"火生气地喊叫起来。

"安静!"光说,"时间不多了……赶快来向孩子们告别吧……"

火冲上前去,一个接一个地搂抱两个孩子,粗暴地亲吻他们,弄得他们尖声叫痛:

"噢噢!……他烫到我了!……"

"噢噢!……他烧焦了我的鼻子!……"

"让我来亲亲你们的伤处,会好受一点。"水说,她温柔地走向孩子们。火趁机贬损她:

"小心啊,"他说,"你们会变成落汤鸡的。"

"我是多情温柔的,"水说,"我对人很和善……"

"那些被你溺死的人呢?"火质问她。

但水装作没听见:

"要热爱水井呀,要倾听小溪的歌唱呀,"她说,"我将永远在那里。当你傍晚坐在山泉边,要努力听明白它们想说的话呀……"

说到这里她再也说不下去了,因为泪水照例地如瀑布般从她的眼中泻涌而出,把她周围淹没。不久,她又重新开始说话了:

"当你们看到水瓶时,要想起我……你也将找到我在水罐里、在洒水壶里、在水池里和水龙头里……"

接着,糖一跛一跛地走上前来,因为他几乎不能用脚站稳。他装腔作势地说了几句伤心的话就停住了,据他说,这是因为泪水不符合他的气质。

"撒谎精!"面包喊道。

"糖渍梅!棒棒糖!牛奶糖!"火也趁势添乱喊道。

所有人都开始笑了,除了两个孩子,他们感到很悲哀。

"蒂列特和蒂洛哪去了?"我们的小主人公问。就在这时,猫狼狈地跑了进来:她的头发直棱棱地蓬乱着,她的衣服被扯破了,脸颊上包了块手绢,好像得了牙疼似的。她发出可怕的呻吟声,被狗紧紧追着,后者对她连撕带咬,拳打脚踢,使她无法招架。其他人冲到两个中间想把他们分开,但这两个宿敌继续互相怒视辱骂。猫指控狗揪扯她的尾巴,还将大头钉放进她的食物中,还打她。狗则只是咆哮着,否认猫的说辞,声称他一样都没做过。

"你挨啥哪,"他不停地说,"你挨啥哪,你该多挨几下!"

但是,他突然住口了,就像因受刺激而气喘一样,你可以看到他的舌头都变得苍白了——光告诉他,去和孩子们作最后的吻别。

"最后吻别?"可怜的蒂洛结结巴巴地说,"我们要和这俩可怜的孩子分手了吗?"

他如此悲伤以至弄不明白是怎么回事。

"是的,"光说,"你知道的那时刻就在眼前……我们将要重归沉默……"

于是,狗突然明白了自己的不幸,开始发出真正绝望的怒吼,扑到孩子们的怀中,狂热而粗鲁地拥抱他们。

"不!不!"他喊叫说,"我不干!……我不干!……我要一直说话!……我将会很乖的……你们要把我留在身边的,我要学读书学写字学玩多米诺骨牌！……我会一直干干净净的……我再也不会到厨房里偷东西……"

他在两个孩子面前跪下来,啜泣着,恳求着。看到蒂蒂尔双眼含满泪水默不作声,亲爱的蒂洛冒出最后的高尚念头:他自告奋勇地跑向猫,龇牙咧嘴做出微笑的模样,要亲吻她。而蒂列特绝没有狗那种自我牺牲的精神,向后一纵身,闪避到米蒂尔的身侧。这时,米蒂尔天真无邪地说:

"你,蒂列特,是唯一还没有和我们吻别的。"

猫用矫揉造作的腔调说:

"孩子们,"她说,"我对你们俩的爱恰如你们应分所得的。"

稍停了片刻。

"现在,"光说,"轮到我了,让我最后和你们吻别……"

说着,她展开她的面纱裹住两个孩子,就像她要最后一次用她明亮的力量把他们覆盖起来。接着,她给了他们每人一个深情的长吻。蒂蒂尔和米蒂尔抱住她恳求:

"不要,不要,不要,光!"他们哭着说,"留在这里陪着我们!……爸爸不会在意的……我们会告诉妈妈你有多善良……你一个人要到什么地方去呢?……"

"不太远,孩子们,"光说,"就在那万物的沉默之地。"

"不,不,"蒂蒂尔说,"我不要你走……"但光用慈母般的动作让他们安静下来,向他们说了一些令他们永远不会忘记的话。很久之后,当他们自己变成了老爷爷和老奶奶之后,蒂蒂尔和米蒂尔仍记得这些话,而且把它们复述给孙儿孙女们听。

以下,是光感人肺腑的话:

"听着,蒂蒂尔。绝不要忘记,孩子,你在这个世界见过的每样东西都是既没有起始也没有结束的。只要你把这个念头牢记在心里,让它陪伴你一起成长,那你在任何环境下,都会明白该说什么、做什么和希望什么。"

当我们的两个朋友开始啜泣时,她又深情地补充说:

"不要哭,我亲爱的小朋友……我没有水那样的歌喉,我只有人类不了解的光亮……但我会照顾人类一直到他们生命的尽头……永远别忘了,每一缕弥散的月光,每一颗闪烁的星星,每一片升起的朝霞,每一盏点亮的灯,你灵魂中每一个善良和光明的念头,那都是我在对你们说话……"

正在此时,茅屋里老祖父留下的座钟敲响了八下。光停了一下,然后声音突然变得虚弱,耳语般地说:

"再见!……再见!……时辰已到!……再见!"

她的面纱退隐了,她的微笑苍白了,她的双眼闭上了,她的形状消失了,孩子们透过泪光,只看到一道微弱的光芒在他们脚下黯然消散。他们又把脸转向其他同伴……但他们也都已消失无踪……

第十章 梦醒

樵夫蒂尔的茅舍里,祖父留下的老座钟已经鸣响了八下,但两个小孩,蒂蒂尔和米蒂尔还躺在他们的小床上酣睡。蒂尔妈妈站在那里望着他俩,两手叉着腰,卷起了围裙,边笑边骂:

"我可不能让他们一直睡到中午."她说,"喂,起床了,你们这两个大懒虫!"

但不管是摇晃他们、亲吻他们,还是把被子扯掉,都没有用:他们依旧滚回到枕头上去,鼻子朝着天花板,大张着嘴,双眼紧闭,小脸红彤彤的。

最后,在肋骨挨了温柔的一拳后,蒂蒂尔睁开了一只眼,喃喃地说:

"怎么啦?……光?……你在哪里?……不,不,你不要走……"

"光!"蒂尔妈妈笑着吵嚷道,"好笑,当然是光啦……阳光都晒到屁股啦!……你怎么啦?……你像看不见人了似的……"

"妈妈!……妈妈!"蒂蒂尔揉着他的眼,说,"真的是你!……"

"好笑,当然真的是我!……怎么月那个样子看着我?……难道我的鼻子倒过来了吗？"

蒂蒂尔这下子完全醒过来了，没有自找麻烦去回答这个问题。他高兴得什么都顾不上了！他已经好久好久没有见到妈妈了。他一个劲儿地亲吻她，老也亲不够。

蒂尔妈妈开始感到不安了。什么事让她的孩子犯迷糊了？他突然说起什么长途旅行的事，一路有仙女和水和糖和火和面包还有光的陪伴！他竟装得好像已经离开了有一年的样子！……

"但你根本就没离开这个家！"蒂尔妈妈喝住蒂蒂尔，她已经惊讶得不知所措了。"我昨晚把你赶上床，今个儿早晨你还在这里！今天就是圣诞节——你没听见村里在敲钟吗？……"

"今天当然是圣诞节，"蒂蒂尔固执地说，"明白吗？我是一年前走的，一年前的平安夜！……你没生我的气吗？……你那时感到难过吗？……爸爸那时说了什么？……"

"嗨，你还没睡醒呢！"蒂尔妈妈试图自我安慰，"你还在做梦！……起床！穿上你的裤子和你的小夹克……"

"哎，我要先穿上衬衣！"蒂蒂尔说。

他一跃而起，跪在床上，开始穿衣服，而他的母亲一脸惊恐地瞧着他。

小男孩继续滔滔不绝地说：

"如果你不相信我说的话，你问问米蒂尔……噢，我们经历了很多探险！……我们看到了爷爷和奶奶……是的，在怀念之地……它就在我们路途中。他们死了，但他们过得很好，对不对，米蒂尔？"

米蒂尔现在已睡醒过来，她帮助哥哥描述他们对祖父母的探访以及和小兄弟姐妹们重逢的乐趣。

蒂尔妈妈再也受不了了,她跑到茅舍的门口,扯尽嗓门喊她的丈夫,他正在森林边上干活:

"喂,老头,喂,老头!"她喊道,"我要像失去其他孩子一样失去他俩了!……快回来,马上回来……"

蒂尔爸爸不久就走进茅舍,手里还提着斧子。在两个孩子再次把他们的历险故事告诉他,并问他在他们走的这一年里做了什么的时候,他的妻子在一旁伤心地啜泣着。

"你瞧,你瞧!"蒂尔妈妈哭着说,"他们全发了昏,他们要出事的,赶快去找医生……"

但樵夫不是那种为丁点小事就张皇失措的人。他亲吻了两个孩子,镇静地点燃他的烟斗,宣布说他们看上去很好,因此没什么好担心的。

这时外面传来敲门声,隔壁邻居走了进来。她是一位上了年纪的妇女,撑着根拐杖,长相酷似仙女贝丽伦。两个孩子立刻张开手臂搂住她的脖子,高兴地围着她欢呼雀跃:

"仙女贝丽伦来了!"

邻居大娘的耳朵不太灵便,她没有在意他们的欢呼,向蒂尔妈妈说:

"我来借个火,煮圣诞节的炖菜……这个早晨真寒冷……早上好,孩子们……"

这时,蒂蒂尔也有点发起愁来。诚然,他很高兴又见到老仙女,但当她知道他没有带回青鸟,她会怎么说?他决心像个男子汉的样子,鼓起勇气向她说:

"仙女贝丽伦,我没有找到青鸟……"

"他在说什么?"邻居大娘很惊讶地问。

于是蒂蒂尔妈妈又开始忧虑地说:"喂,蒂蒂尔,你不认识贝林葛太太吗?"

"认识,当然认识,"蒂蒂尔说,上上下下地打量着邻居大娘,"她是仙女贝丽伦呀。"

"贝丽……啥来着?"邻居大娘问。

"贝丽伦。"蒂蒂尔镇静地回答。

"贝林葛,"邻居大娘说,"你要说的是贝林葛。"

蒂蒂尔被她肯定的语气弄得有点拿不准了,他回答说:

"贝丽伦或者贝林葛,随你便吧,太太,不过,你明白我要说的是……"

蒂尔爸爸开始按捺不住了:

"我们必须了结这档子事,"他说,"看我来扇他们两巴掌。"

"别呀,"邻居大娘说,"不值得为这打他。这只是有点梦游,他们一定是在月光底下睡着了……我那小女孩,她病得很厉害,也经常这样……"

蒂尔妈妈把自己的烦恼暂时放在一边,探问起邻居贝林葛太太她家小女儿的病况。

"她还马马虎虎,"邻居大娘摇摇头说,"她不能起床……医生说是神经的问题……尽管如此,我知道什么能治好她。她今天早晨求我来着,想要她的圣诞礼物……"

她犹豫了一会儿,看着蒂蒂尔叹了口气,灰心丧气地继续说:

"我能有什么办法?这是她的梦想……"

其他人都不说话,面面相觑,他们知道邻居大娘话里的含意。她的小女孩长期以来一直说着,只要蒂蒂尔把他那只鸽子给她,就能治好她的病。但蒂蒂尔太喜欢那只鸽子,坚持拒绝让它离开……

"哎,"蒂尔妈妈对儿子说,"你不愿意把你的鸟儿给那可怜的小女孩吗?她想要那只鸟想了那么久!……"

"我的鸟!"蒂蒂尔叫喊起来,拍着自己的脑门,好像他们说的什么东西令他开了窍。"我的鸟!"他重复着。"对呀!我把它忘了!……还有笼子!……米蒂尔,你看见笼子了吗?……就是面包拿着的那一个……是的,是的,是同一个,就是它,就是它!"

蒂蒂尔简直不敢相信自己的眼睛。他搬来一张椅子放在鸟笼的下面,高兴地爬上去,说:

"我当然会把它送给她,当然的,我会的!……"他停下来,吃惊地说,"咦,它是青色的!"他说,"是我的鸽子,是同一只,但它在我离开时变成青色了!"

我们的主人公从椅子上跳下来,高兴地跳跃着,喊着:

"它就是我们一直要找的青鸟!我们走了好远好远,原来它一直就在这里!……噢,但多美妙啊!……米蒂尔,你看见那鸟了吗?光该怎么说?……给,贝林葛太太,快把它拿去给你的小女孩……"

在他这样说的时候,蒂尔妈妈扑到丈夫的怀里,悲叹说:"你瞧见没有?……你瞧见没有?……他又犯病了。他是在梦游……"

与此同时,邻居贝林葛太太却满脸发光,双手握在一起,喃喃不绝地道谢。当蒂蒂尔把鸟递给她的时候,她几乎不敢相信自己的眼睛。她把男孩搂在怀里,又高兴又感激地哭起来:

"你真的把它给了我吗?"她不停地问,"你真的就这样把它给了我吗?马上给我,什么也不要?……天啊,她该会多么幸福啊!……我马上走,我马上走!……我会回来告诉你她说了些什么……"

"好的,好的,快快去,"蒂蒂尔说,"这种鸟有时会改变颜色!"

邻居贝林葛太太冲了出去,蒂蒂尔在她身后关上了门。然后他在门口转过身来,看着茅屋的四壁,看着环绕着他的所有东西,仿佛吃了一惊:

"爸爸,妈妈,你们把这房子怎么了?"他问道,"它和过去一模一样,但却漂亮多了。"

他的父母困惑不解地你看我,我看你,小男孩继续说:

"咦,是的,每样东西就像是油漆过,看上去像新的一样,每样东西都干干净净、铮亮发光……还有看看窗外的森林!……它多大多美!……人们会觉得它是新簇簇的!……我在这里多幸福啊!我多幸福啊!"

可敬的樵夫和他的妻子不会懂得他们的孩子产生了什么变化。但你们,我亲爱的小读者,你们追随蒂蒂尔和米蒂尔经历了那美丽的梦境,能猜到那改变了我们小主人公头脑里所有想法的东西是什么。

在他的梦境中,仙女没有白给他那个打开眼界的法宝。他学会了看出身边事物的美,他经历的重重考验磨炼了他的勇气,在追寻青鸟、追寻那只能把幸福带给仙女的小女儿的幸福之鸟的过程中,他变得大方慷慨,宽宏大量,心里愉快地只想把欢乐带给其他人。而且,在漫游无穷无尽的、美妙的幻想领域的过程中,他向生活敞开了心扉。

孩子是对的,每样事物在他眼里都呈现得更美丽了。那是因为,对他更丰富更纯粹的理解力来说,每一样事物必定无疑地显得比过去更加美好。

此时,蒂蒂尔继续欣喜地检视着茅屋。他向烘面包的平底锅弯下腰,亲切地问候面包卷;他跑到正伏在篮子里睡觉的蒂洛身边,夸赞它在那场森林里的战斗中表现得多么英勇出色。

米蒂尔弯下腰来抚摸着蒂列特,它正在炉边打盹,米蒂尔说:

"喂,蒂列特?……你认识我的,我知道,只是你不再说话了。"

这时,蒂蒂尔用手摸着前额:

"喂!"他叫道,"宝石不见了!……谁拿走了我的绿色小帽?……没关系,我再也不需要它了!……啊,这儿是火!早安,火先生!他会噼噼啪啪惹水发脾气!"他跑到水龙头跟前,把水龙头打开,弯下腰去看水流出来。"早安,水,早安!……她说什么?……她还在说话,但我不像以前那样听得懂她说什么了……噢,我多幸福,我多幸福啊!……"

"我也是,我也是!"米蒂尔叫道。

我们这两个年轻的朋友互相拉着手,开始绕着厨房欢蹦乱跳。

蒂尔妈妈看见他们这么生机勃勃,稍微安下了心。再说,蒂尔爸爸是如此的镇定自若。他坐着吃他的玉米粥,呵呵笑着:

"你瞧,他们扮得很幸福的样子!"他说。当然了,这个可爱的穷汉子不知道,一个美妙的梦教会了他两个小孩的不是扮演幸福,而是真正幸福,这是最伟大而且最困难的课程。

"我喜欢光胜于一切。"蒂蒂尔对米蒂尔说,两人踮着脚尖站在窗前,"你可以看她在远远那边,掠过森林的树丛。今夜,她会在灯里面出现。亲爱的,哦,亲爱的,一切都多可爱啊,我感到多愉快啊,多高兴啊……"

他停下来侧耳倾听。所有人都竖起耳朵听着。他们听到笑声和

愉快的说话声,声音越来越近:

"是她的声音!"蒂蒂尔叫道,"让我们把门打开!"

事实上,来的是个小女孩和她的母亲——邻居贝林葛太太。

"瞧她,"贝林葛太太说,强忍住欢乐说,"她能跑了,她能跳舞了,她能飞了!真是个奇迹!她一看到那鸟儿,就跳起身来,就像这样……"

贝林葛太太冒着不慎跌倒摔破她那弯钩长鼻子的风险,兴奋得交换着脚单足跳起来。

孩子们拍着手,所有人都哈哈大笑。

小女孩穿着她长长的白睡裙,站在厨房的中央,有点惊讶自己在卧床那么多个月之后居然能站起来了。她微笑着,把蒂蒂尔的鸽子紧贴在胸口。

蒂蒂尔先看看那女孩,又看看米蒂尔:"你不觉得她长得很像光吗?"他问道。

"她小多了。"米蒂尔说。

"是啊,确实!"蒂蒂尔说,"但她会长大!……"三个孩子试着把一点食物喂进鸟儿的嘴里。父母们开始放下心,看着他们微笑。

蒂蒂尔脸上容光焕发。我不必向你们隐瞒,亲爱的小读者们,鸽子根本是不会改变颜色的,是欢乐和幸福在我们主人公的眼中给它披上了一层美丽明亮的青色羽毛。没关系,尽管蒂蒂尔不知道这个,他已发现了光的最大秘密——我们越努力把幸福带给其他人,幸福就离我们越近。

但此时发生了一件大事,所有人骚动起来,孩子们发出尖叫,父母们挥舞着双臂冲向敞开的房门——那鸟儿突然逃跑了!它迅捷地扑腾着翅膀飞远了。"我的鸟!我的鸟!"小姑娘啜泣着。

蒂蒂尔第一个冲到楼梯上,他转过身来以胜利的声音说:

"没事的!"他说,"别哭!它还在屋子里,我们会重新把它找出来的。"

他给了那个小姑娘一个吻,她不禁破涕为笑:

"你确定你能重新捉到它吗?"她问。

"相信我,"我们的朋友自信满满地悄声说,"我现在知道它藏在哪里了。"

亲爱的小读者,你们现在也知道青鸟藏在哪里了。亲爱的光虽然什么也没有向樵夫的儿子透露,但她通过教导他们善良、仁善和慷慨,给他们指明了通向幸福的道路。

假如,在故事的一开始,她就告诉他们:

"笔直走回家去。青鸟就在那里,就在朴素的茅舍里,在柳条编织的笼子里,陪伴着爱你的爸爸和妈妈。"

孩子们绝不会相信她的话。

"什么!"蒂蒂尔会回答说,"那青鸟,我的鸽子?胡说!我的鸽子是灰色的!……幸福,在小茅屋里?和爸爸和妈妈在一起?噢,我告诉你!家里什么玩具都没有,那里无聊得很。我们要有多远就走多远,经历惊人的冒险旅程,享尽所有的乐趣……"

这就是他那时会说的话,他和米蒂尔会不顾一切地出发,不听光的忠告,因为假若我们不是亲身经历过,最确凿无疑的真理也会显得毫无价值。把世界上所有的智慧告诉孩子只需要一会儿工夫,但我们耗尽一生都无法去理解它,因为只有自己的实践才是我们唯一的指路明灯。

我们每一个人都必须为他自己寻找幸福,他必须尝尽千辛万苦,经受许多残酷的挫折打击,才能学会通过欣赏简单完美的快乐而达到幸福,这些快乐往往就在他的思绪和心灵触手可及之处。

佩利亚斯与梅丽桑德

张裕禾 译

LIBRARY OF WORLD LITERATURE

献给　奥克达夫·米尔波
　以示深切的友情、仰慕和感激

剧中人物

阿凯勒——阿勒蒙德的国王

日内维埃芙——佩利亚斯与高洛之母

佩利亚斯 ⎫
⎬ 阿凯勒之孙
高洛 ⎭

梅丽桑德

小伊尼约——高洛与前妻所生之子

一医生

一门丁

女仆数人、穷人数人,等等

第一幕

第一场

〔宫堡大门。

女仆数人 （在门内）开门啰！开门啰！

门丁 谁呀？你们为什么来吵醒我？从小门出去，从小门出去，小门有的是！……

女仆甲 （在门内）我们是来洗刷门槛、大门和台阶的，给开开吧！给开开吧！

女仆乙 （在门内）要办大事儿啦！

女仆丙 （在门内）要办大喜事儿啦！快开！……

众女仆 开一开吧！开一开吧！

门丁 请等一等！等一等！我不知道开不开得了……大门是从来不开的……等天亮再说吧……

女仆甲 外面天已够亮啦，我从门缝里已经看见太阳了……

门丁　喏，这是大门的钥匙……噢！锁和铁栓吱吱嘎嘎真响……请帮我一把！请帮我一把！……

众女仆　我们拉！我们拉！……

女仆乙　门开不开了……

女仆甲　哈！哈！门开开了！门慢慢地开开了！

门丁　吱吱嘎嘎声多响呀！快把所有的人都吵醒了……

女仆乙　(出现在门口)噢！外面天已大亮了！

女仆甲　太阳在海上升起了！

门丁　门开开了……大门敞开啦！……

〔所有女仆在门口出现并跨出门槛。

女仆甲　我来先洗门槛……

女仆乙　我们永远也洗不干净这一切。

其余女仆　提水来！提水来！

门丁　对，对，倒水，把淹没世界的洪水全泼上，你们也休想洗干净……

第二场

〔森林。

〔幕启时，梅丽桑德坐在一泉水边。高洛上。

高洛　我怕再也走不出这座森林了。——上帝才知道这野兽把我引到了什么地方。我还以为打中了它的致命之处，瞧，地上有血印。可是现在我看不到它的踪影了，我想我自己也迷了路。我的猎狗也找不着我了……我得往回走……我听到有哭声……噢！噢！那水边是什么？……一位小姑娘在泉水旁边哭泣？（他咳嗽了一声）——她没有听见，我看不见她的面孔。（走近梅丽桑德并碰碰她的肩头）你为什么哭呀？（梅丽桑德吓了一跳，站起来想逃走）您不用害怕。没有什么可怕的。您为什么孤零零的一个人在这儿哭呀？

梅丽桑德　不要碰我！不要碰我！

高洛　您不要害怕……我不会伤害您……噢！您长得真美丽！

梅丽桑德　不要碰我！否则我就投水！……

高洛　我不碰您……瞧，我就待在这儿，靠着大树。您不要怕，有人欺负您了吗？

梅丽桑德　噢！对！对！对！

〔抽抽泣泣哭得十分伤心。

高洛　是谁欺负了您？

梅丽桑德　所有的人！所有的人！

高洛　他们怎么欺负您的呀？

梅丽桑德　我不愿说！我不能说！……

高洛　好了，不要这样哭了。您是从哪儿来的？

梅丽桑德　我是逃出来的！……逃出来的……

高洛　好，那您是从什么地方逃出来的呢？

梅丽桑德　我迷路了！……我在这儿迷了路……我不是此地人……我是在那边出生的……

高洛　您是哪乡人？您出生在什么地方？

梅丽桑德　噢！噢！离这儿很远……很远……很远……

高洛　水底下什么东西闪闪发光？

梅丽桑德　在哪儿？——啊！那是他给我的金冠,我哭的时候掉下去了。

高洛　一顶金冠？谁给了您一顶金冠？——我来试试,把它捞起来……

梅丽桑德　不,不,我不要它了！我情愿立即死去……

高洛　我可以把它捞上来,便当得很。水不太深。

梅丽桑德　我不要它了！您要是把它捞上来,我就往它那地方跳下去！……

高洛　别跳,别跳,我让它留在水里。金冠看上去很漂亮。——您逃出来已经很久了吗？

梅丽桑德　很久了……您是谁？

高洛　我是高洛亲王——阿勒蒙德老国王阿凯勒的王孙……

梅丽桑德　噢！您已经有了白头发……

高洛　是啊,这儿,靠近两鬓,有几根……

梅丽桑德　胡须也灰白了……您为什么这样瞧着我？

高洛　我瞧您的眼睛……您从来不合一合眼睛吗？

梅丽桑德　合的,合的,我夜里合上眼睛……

高洛　为什么您神色这样惊讶？

梅丽桑德　您是一位超凡的人吧？

高洛　我同其他人一样,是个普通人……

梅丽桑德　您为什么到这儿来？

高洛　我自己也莫名其妙。我在森林里打猎,追逐一头野猪,我

125

走错了路。——您的容貌很年轻。请问您多大年龄了？

梅丽桑德 我冷起来了。

高洛 您愿意跟我走吗？

梅丽桑德 不，不，我留在这里……

高洛 您不能一个人留在这里。您不能通宵待在这里……您叫什么名字？

梅丽桑德 梅丽桑德。

高洛 梅丽桑德，您不能待在这里。您跟我走……

梅丽桑德 我待在这里……

高洛 孤零零的一个人，您会害怕的。整晚……这样不行。梅丽桑德，走，把您的手给我……

梅丽桑德 噢！别碰我！

高洛 您不要叫喊……我不会再碰您的。但请您跟我走吧。这儿夜很黑，很冷。跟我走吧……

梅丽桑德 您上哪儿去？

高洛 我不知道……我也迷路了……

〔齐下。

第三场

〔宫中一大厅。

〔幕启时场上有阿凯勒和日内维埃芙。

日内维埃芙 这是他写给他弟弟佩利亚斯的信："一天傍晚，我在森林里迷了路,在一汪泉水旁,我遇见了她,她当时正在哭。我既不知道她有多大,也不知道她是什么人,更不知道她来自何方。我没敢问她,因为她可能受了一场大的惊吓。当我问她遇到了什么不幸时,她一下子哭得像个娃娃,抽泣得如此伤心,简直叫人害怕。当我在泉边遇见她时,她头上戴的一顶金冠滑落下来,掉进水底。然而,她的穿着像位公主,虽说衣服已被荆棘扯破。现在我娶她已有半年,我对她的身世并不比我们相逢的那天有更多的了解。亲爱的佩利亚斯,我们虽是异父同母,但我爱你胜于亲兄弟,在我能回来之前,请你为我的归来创造条件……我知道,母亲肯定会原谅我的,但我怕我们可敬的爷爷阿凯勒国王反对。尽管他至仁至爱,我还是怕他,因为我的这桩离奇的婚姻使他的全部政治计划破灭了,我生怕在他明智的眼里,梅丽桑德的美貌不能作为原谅我的这种荒唐行动的理由。但是,如果他同意像接待亲生孙女一样接待她的话,就请在接到这封信的第三天晚上,在临海的塔楼顶上点起一盏灯。我从我们船的甲板上将看见这盏灯;否则,我将驶向遥远的地方,永远不再回来……"您看怎样办?

阿凯勒 对此我不置可否。他做了他也许应该做的事。我虽年已古稀,但我还不曾有一刻时光看清楚过我自己,您叫我怎么判断别人的所作所为呢?我是行将就木的人了,我连自己也判断不了……原谅别人也好,自我反省

	也好,只要不闭上眼睛,错误总是在所难免的。我们觉得这很奇怪,但事情就是这样。他已经到了不惑之年,可是像个孩子那样娶了个小姑娘,一个他在泉水边萍水相逢的小姑娘……我们觉得这很奇怪,因为我们一向只看到命运的另一面……我们自己命运的另一面……他一向听从我的规劝,我原以为送他去向于絮勒公主求婚可以使他高兴……他不能总是单身一人,而且自从他妻子去世以来,他孤独无伴感到悲哀。何况这桩婚事将结束多年的战争和故仇宿恨……他既然不愿意这门亲事,就照他的意思办吧:我从不阻挠别人的命运,他比我更清楚自己的前程。也许事出有因……
日内维埃芙	他过去一向是那样谨慎,那样庄重,那样坚强……如果是佩利亚斯,我能理解……但他……在这年纪……他带进宫来的是个什么人呢?一个路边捡来的陌生女子……自从他妻子去世,他的全部心思都放在儿子小伊尼约身上;如果说,他要再娶,那是因为您要他这样做的……现在,他把一切都忘记了……我们怎么办呢?…… 〔佩利亚斯上。
阿凯勒	谁进来啦?
日内维埃芙	是佩利亚斯,他哭过了。
阿凯勒	是你吗,佩利亚斯?——走近点,让我能在灯光下看看你……
佩利亚斯	祖父,在我接到哥哥的信的同时,我还接到了另外一封信,我朋友马尔赛吕斯的来信……他将不久于人世,他

	叫我去。他想在去世前见我一面……
阿凯勒	你想在你哥哥回来之前就走？——你朋友不见得病得像他自己想的那么严重……
佩利亚斯	他的信写得如此凄惨，连字里行间也透出了死亡的气息……他说，他准确地知道何日死亡将至……他对我说，如果我愿意，我可以在他死之前赶到他那儿，但时间很紧迫了。旅程很远，如果我等高洛回来，可能就太晚了……
阿凯勒	然而必须等些时候……我们不知道你哥哥回来后会发生什么事。再说，你父亲在这儿楼上，他也许病得比你朋友还厉害……你能在父亲和朋友之间作选择吗？
	〔阿凯勒下。
日内维埃芙	佩利亚斯，你费心今天晚上就点亮塔楼上的灯……
	〔他们两人分别下场。

第四场

〔宫堡前。

〔日内维埃芙和梅丽桑德上。

梅丽桑德	花园里很阴暗。宫殿四周古木参天,浓荫遮日！……
日内维埃芙	是的,我初来之际也很惊讶;人人都感到惊讶。有些地方从来透不进阳光。但您很快会习惯起来的……我生活在这儿已经很久……将近四十年了……您看那边,

　　　　　　　大海的水光……
梅丽桑德　我听见下面有脚步声……
日内维埃芙　是的,有人向我们这里爬上来了……啊!是佩利亚斯……他等了您那么久,好像等得不耐烦了……
梅丽桑德　他没有看见我们。
日内维埃芙　我想他看见了,但他不知道该如何做是好……佩利亚斯,佩利亚斯,是你吗?
佩利亚斯　是我!……我从大海那边过来……
日内维埃芙　我们也是,我们在寻找光明。这里比其他地方明亮一些,但海面昏暗……
佩利亚斯　今夜将有一场暴风雨。这儿经常有暴风雨……但今晚的大海异常平静……不知情的人会登船出航,结果是一去不回……
梅丽桑德　有个东西在出港……
佩利亚斯　那一定是条大船……灯塔很高,等会儿它开进灯光照亮的海边时,我们就会看见……
日内维埃芙　我不知道我们是否一定看得见……海上有雾。
佩利亚斯　雾好像在慢慢散开……
梅丽桑德　对,我发现那边有一小束原来没有看到的亮光……
佩利亚斯　那是一座灯塔……还有别的灯塔我们还没有见到呢。
梅丽桑德　灯塔照着船了……船已经离岸很远。
佩利亚斯　这是一艘外国船。我看它比我们的船大……
梅丽桑德　就是这条船把我载到这里来的!……
佩利亚斯　船扬帆急驶而去……

梅丽桑德　就是这条船把我载到这里来的。船帆很大……看船帆我就认出了船……

佩利亚斯　这船今夜将在海上遇到风暴……

梅丽桑德　那为什么还要起航呢？……船几乎看不见了……船可能遇难了……

佩利亚斯　夜色迅速降临……

〔静场。……

日内维埃芙　你们都不说话啦？……你们互相没有话好说啦？……现在该回去了。佩利亚斯，给梅丽桑德引路。我要去看望一下小伊尼约。

〔日内维埃芙下。

佩利亚斯　海面上什么也看不见了……

梅丽桑德　我看见了其他的灯光……

佩利亚斯　那是别的灯塔……您可听见大海的涛声？……这是起了海风……我们从这儿下去。您愿意让我搀着您的手吗？

梅丽桑德　您瞧，您瞧，我两手满是鲜花和绿叶。

佩利亚斯　那我就扶着您的胳臂，山路陡峭，而且天色已晚……明天我可能就动身出门……

梅丽桑德　啊！您为什么要动身出门呢？

〔齐下。

第二幕

第一场

〔花园中一池清泉。

〔佩利亚斯与梅丽桑德上。

佩利亚斯 您不知道我把您领到了什么地方?——当花园里太热的时候,我常常中午坐到这儿来乘凉。今天天气闷热,就是在树荫下也感到气闷。

梅丽桑德 噢!泉水真清……

佩利亚斯 泉水像冬天一样冰凉。这是一眼废弃的古泉。好像过去是一眼仙泉——泉水曾使盲人复明——现在大家还称它为"盲人泉"。

梅丽桑德 泉水现在不再使瞎眼的人复明了吗?

佩利亚斯 自从老国王自己双目几乎要失明以来,人们就不再到这儿来了……

梅丽桑德 待在这里多寂寞……四周一点声音都没有。

佩利亚斯	这儿总是异常寂静……连泉水睡觉的声音也能听见……您愿意在大理石的水池边上坐下来歇歇吗?那儿有一棵菩提树,阳光从来照不进去……
梅丽桑德	我来爬在大理石上。我想看到泉底……
佩利亚斯	从来没有人见到过泉底。这泉水可能有海那么深——谁也不知道泉水是从哪里流来的,也许是从地心里流出来的……
梅丽桑德	要是有个东西在泉底发光,可能就看得见了……
佩利亚斯	不要这样往下弯腰……
梅丽桑德	我要碰到泉水……
佩利亚斯	当心别滑下去……我来拉着您的手……
梅丽桑德	不用,不用,我要把两只手都浸到水里去……我的双手今天好像不听使唤……
佩利亚斯	噢!噢!当心!当心!梅丽桑德!……梅丽桑德!……噢!瞧您的头发!……
梅丽桑德	(仰起身子)我够不着,够不着泉水。
佩利亚斯	您的头发浸到水里了……
梅丽桑德	对,对,我的头发比我的胳膊还长……比我的身体还长……〔静场。
佩利亚斯	他遇到您也是在泉边吗?
梅丽桑德	是的……
佩利亚斯	他都对您说了什么?
梅丽桑德	什么也没有说,我已经记不起来了……
佩利亚斯	他当时离您很近吗?

梅丽桑德　对,他想吻我……

佩利亚斯　您没有肯吗?

梅丽桑德　没有。

佩利亚斯　您为什么不肯?

梅丽桑德　噢!瞧!我看见水底有个东西溜过去……

佩利亚斯　当心!当心!您会掉下去的!——您在玩什么?

梅丽桑德　玩他送给我的指环……

佩利亚斯　当心,您会把指环弄丢的……

梅丽桑德　不会的,不会的,我有把握,不会失手的……

佩利亚斯　下边的水这么深,不要这样玩指环……

梅丽桑德　我的手不哆嗦。

佩利亚斯　噢,太阳照得指环闪闪发光!——不要把指环向上抛得这样高……

梅丽桑德　啊呀!……

佩利亚斯　指环掉啦?

梅丽桑德　掉到水里去了!……

佩利亚斯　什么地方?

梅丽桑德　我没有看见指环落下去……

佩利亚斯　我好像看见指环在闪闪发光……

梅丽桑德　在什么地方?

佩利亚斯　在那儿……在那儿……

梅丽桑德　噢!离我们多远哪!……不,不,这不是那指环……不是那指环……那指环无影无踪了……水面上只剩下一个大水圈……我们怎么办呢?我们现在怎么办呢?……

佩利亚斯　不要为了一枚戒指这样担心,没有什么关系……我们也许会把它找回来的,也许我们能弄到另外一只……

梅丽桑德　不,不,我们找不回来了,别的也弄不到的……我以为已经接到手里了……我已经合起双手,但戒指还是掉了……我朝着太阳扔得太高了……

佩利亚斯　走吧,走吧,我们改天再来……走吧,到时候了。有人可能会撞见我们……指环掉下去的时候,时钟正好敲十二点……

梅丽桑德　如果高洛问指环哪里去了,我们怎么回答呢?

佩利亚斯　照实说,照实说,照实说……

〔齐下。

第二场

〔官中一内室。

〔幕启时,高洛躺在床上,梅丽桑德立在床头边。

高洛　哈!哈!一切顺利,不会有什么关系。但我说不清事情是怎样发生的。当时我正定定心心地在森林里打猎。我的马突然无缘无故地狂奔起来。是不是它看见什么异物了?……那时我刚听见钟敲正午十二点。当敲到第十二下时,马儿猛然一惊,像个瞎眼的疯子,冲着一棵大树奔去。我再也没有听见什么,以后发生的事,我就不知道了。我摔下马来,马大概撞倒在我身上,我那时好像觉得整个森林都压在我的胸口上，我以为我的心被压碎了。可是我的心很结实，看来没有什么关系……

梅丽桑德 您想喝点儿水吗？

高洛 谢谢，谢谢；我不渴。

梅丽桑德 您要换个枕头吗？……这只枕头上有一小点血迹。

高洛 不，不，用不着。我嘴上流了点血。也许还会再流呢……

梅丽桑德 真的吗？……您不太难受吗？

高洛 不，不，我饱经风霜，我是在铁和血中成长起来的人……我又不是娃娃，身子骨硬着哩，你别担心……

梅丽桑德 您合上眼睛睡吧。我将通宵守在您身边……

高洛 不要，不要，我不愿意你这样劳累。我什么也不需要，我会像孩子一样睡一觉……怎么啦，梅丽桑德？你为什么突然哭起来了？……

梅丽桑德 （哭得很伤心）我……我也不舒服……

高洛 你不舒服吗？……什么地方不舒服，梅丽桑德？……

梅丽桑德 我不知道。我也病了……我宁愿今天跟您说明白了，亲王，在这儿，我不开心……

高洛 发生什么事了吗，梅丽桑德？怎么回事？……我丝毫也未料到……发生什么事了？……有人欺负你了？……有人得罪你了？

梅丽桑德 没有，没有；谁也没有欺负过我半点儿……不是这种事……在这儿我活不下去，我也不知道为什么……我想离开这里，离开这里！……我要是待在这里，我就会死的……

高洛　　　那准是发生什么事了？你一定有事瞒着我？……把真情都告诉我,梅丽桑德……是国王？……是我母亲？……是佩利亚斯？……

梅丽桑德　不,不,不是佩利亚斯,这和谁都无关……您不可能理解我……

高洛　　　为什么我不可能理解你？……如果你什么也不告诉我,你要我怎么办呢……把一切都告诉我,我会理解的……

梅丽桑德　我自己也不知道究竟是怎么回事……如果我能对您说,我就告诉您了……这是个由不得我自己的东西……

高洛　　　好了,放理智一点,梅丽桑德。——你要我做什么呢？你已不再是个孩子了。你是想离开我吗？

梅丽桑德　噢！不是的,不是的,不是这个……我想和您一起离开这里……在这儿我生活不下去了……我感到我活不长了……

高洛　　　那总得有个原因吧。人家会认为你疯了。人家会认为这是孩子的幻梦。——你说,可能是因为佩利亚斯吧？——我想他不常跟你说话……

梅丽桑德　说话的,说话的,他有时和我说话。我看,他是不喜欢我,我已经从他的眼神里看出……但他遇到我的时候和我说话的……

高洛　　　你不要怪他,他一向如此。脾气有点古怪。现在他很忧伤。他惦念着他的朋友马尔赛吕斯。马尔赛吕斯就要死了,而他不能去看他……他会变的,他会变的,你看着吧；他还年轻……

梅丽桑德 不是为这个……不是为这个……

高洛 那又是因为什么呢？——你习惯不了这儿的生活吗？——确实，这座宫堡太古老，太阴森……又寒冷，又幽深。所有住在宫里的人都已年迈。周围的乡间，这些森林，这些古老而幽暗的森林，似乎也很阴郁。但只要我们愿意，我们也可以使这一切变得欢乐起来。再说，人也不是每天都有欢乐的。应该面对现实。——有什么你跟我说，什么都行；你要我做什么，我就做什么……

梅丽桑德 好，好；确实……我从不曾见过晴朗的天……今天早晨我才第一次看见……

高洛 你哭就是为了这事儿吗，我可怜的梅丽桑德？仅仅为了这事儿？——你哭是因为看不到蓝天——好了，好了，你的年纪已经不小，还为这些事儿哭泣……再说，夏天不是还没有过去吗？你每天都看得到蓝天。而且，明年……来，把手给我，把你的两只小手给我。（高洛拉过梅丽桑德的两只手）噢！这双小手像花一样娇嫩，我一捏就碎……嗯，我送给你的指环呢？

梅丽桑德 指环？

高洛 对，我们的结婚戒指，上哪儿去啦？

梅丽桑德 我想……我想是落掉了……

高洛 落掉了？在什么地方落掉的……是不是你把它丢啦？

梅丽桑德 不，不，是落掉了……准是落在……我也不知道落在什么地方……

高洛 在什么地方？

梅丽桑德　您知道……您知道……海边上的那个石窟？……

高洛　知道。

梅丽桑德　嗯，就在那儿……一定是在那儿……对，对，我想起来了……今天早晨我去那儿给小伊尼约拾贝壳……那儿有很漂亮的贝壳……指环从我手指上滑落了……后来海潮来了，我没有来得及找回指环就不得不走了。

高洛　肯定是在那儿吗？

梅丽桑德　肯定是，肯定是，我完全肯定……我感到指环一滑……接着突然海浪咆哮……

高洛　应该立即去寻找。

梅丽桑德　现在？——立即去？——摸着黑去？

高洛　对，我情愿失去我所有的一切，也不能失去这只戒指。你不知道这是一只什么样的戒指，你不知道它的来历。今夜大海将起狂澜。大海会抢在你前头把它取走的……你快去。一定要立即去寻找……

梅丽桑德　我不敢……我不敢一个人去……

高洛　去，同谁一块去都行。但一定要立刻就去，听见吗？赶快，叫佩利亚斯陪你一起去。

梅丽桑德　佩利亚斯？同佩利亚斯一道去？——佩利亚斯才不愿意……

高洛　你要佩利亚斯做什么，他就会做什么。我比你更了解他。去吧，去吧，赶快。你不找到戒指，我不睡觉。

梅丽桑德　我真不幸！……

〔梅丽桑德哭着下。

第三场

〔一石窟前。

〔佩利亚斯与梅丽桑德上。

佩利亚斯　（语调激动）对,就是这儿,我们到了。夜是这样漆黑,哪儿是石窟的入口简直分不清……这边没有星星。等月亮驱开了这片密云就会照着整个石窟,那时我们进去就没有危险。有些地方很危险,两个深不可测的湖之间道路非常狭窄。我没想到带个火把或一盏灯来,因为我以为天上的月光够亮的了。——您从来没有进过石窟吗?

梅丽桑德　没有……

佩利亚斯　我们进去吧……如果他问您,您要能描绘得出失落戒指的地方……石窟又大又美,有许多形似植物和人体的钟乳石,里面到处是蓝荧荧的幽光。人们还没有把整个石窟探查清楚,据说有人曾在里面藏了大量金银财宝。您在里边会看到古代船舶在这里遇难后留下的残骸。没有向导,可别进去。有人进去之后再也没有出来。我自己也不敢走得太远。等我们走到看不到海色天光时就不朝前走了。要是在里面点上一盏小灯,石窟的穹窿好像布满了繁星的天空一样。据说,那是一小块一小块的水晶或盐晶在岩石里闪闪发光。——您瞧,您瞧,我看快要看见开阔的天空了……把您的手给我,不要哆嗦,不要这样哆嗦。没有危险。见不到大海的水光,我们就停止前进……是石窟里的回声使您害怕吗？是黑夜之声或者寂静之声……您听得见我们身后的大海吗？今夜大海好像很不平静……瞧！月光来了！

〔大片的月光照在石窟的入口处和窟内一部分暗处；在不太深的地方，三个穷苦的白发老人挨肩坐着，互相挽着胳臂，靠着一块岩石在睡觉。

梅丽桑德　啊！

佩利亚斯　怎么了？

梅丽桑德　有……有……

〔梅丽桑德用手指着三个穷人。

佩利亚斯　对，对，我也看到他们了……

梅丽桑德　我们走吧！……我们走吧！……

佩利亚斯　好……这是三个穷苦的老人，他们睡着了……国家遭到特大饥荒的折磨……为什么他们到这儿来睡觉呢？……

梅丽桑德　我们走吧！……您来，您来……我们走吧！……

佩利亚斯　留意点，说话声音不要这么大……我们不要吵醒他们……他们睡得正香呢……来。

梅丽桑德　放开我，放开我，我喜欢一个人自己走……

佩利亚斯　我们改天再来……

〔齐下。

第四场

〔宫中一内室。

〔幕启时，阿凯勒和佩利亚斯在场上。

阿凯勒	您瞧，一切都在挽留您，不让您去做这无益的旅行。您父亲的健康情况，我们至今一直瞒着您；他可能没有什么希望了，仅仅这件事就应该足以使您在临行时改变主意。何况还有很多其他的理由……眼下，我们的敌人羽翼已丰，老百姓挨饥受饿，怨声四起，您在这时候是无权抛下我们远走高飞的。为什么要做此旅行呢？马尔赛吕斯已死，人有比吊唁上坟更严肃的责任。无所事事的生活，使您感到厌倦了，是不是？但是，如果您要做的事和您要履行的责任就在路上放着，您行色匆匆也难以看见。最好还是在家门口等着它们，当它们经过时，把它们请进来，而它们是天天从门口经过的。您从来没有见到过吗？我自己已经几乎看不见了，但我可能教您看到它们；当您想招呼它们的时候，我把它们指给您看。但是，您要听我说：如果您认为这次旅行是出自内心的要求，我也不阻止您，因为您肯定比我更清楚您应当给自己或给您的命运做出什么安排。我只要求您等到我们弄清楚不久即将发生的事……
佩利亚斯	要等多久？
阿凯勒	几个星期；也许几天……
佩利亚斯	我就等吧……

第三幕

第一场

〔宫中一内室。

〔幕启时,佩利亚斯与梅丽桑德在场上。梅丽桑德在房间尽头捻纺锤。

佩利亚斯　伊尼约没有回来,他到哪儿去啦?
梅丽桑德　他听到过道里有声音,去看看怎么回事。
佩利亚斯　梅丽桑德……
梅丽桑德　什么事?
佩利亚斯　您干活还看得见吗?
梅丽桑德　在黑暗中我也一样纺……
佩利亚斯　我想宫中所有的人都已睡了。高洛打猎还未回来。可是天色已晚……他从马上摔下来受的伤已经好了吧?
梅丽桑德　他说他已经好了。
佩利亚斯　他自己应该当心一点,他的身子骨已不再像二十岁时那

　　　　　　样灵巧了……我从窗户看到天上有星星,月亮上了树梢。天色已晚,他不会回来了。(有人敲门)谁呀?……请进!……(小伊尼约开门进入房内)是你这样敲的门吗?……敲门是不该这样敲的,你敲得好像出了不幸的事似的;瞧,你把好妈妈吓了一跳。

小伊尼约　我只轻轻地敲了一下……

佩利亚斯　天晚了,好爸爸今晚一定是不回来了,你该去睡觉了。

小伊尼约　我不在您之前去睡觉。

佩利亚斯　什么?你说什么?

小伊尼约　我说……不在您之前……不在您之前……

　　　　　〔小伊尼约啼哭起来,并躲到梅丽桑德身边去。

梅丽桑德　怎么啦,伊尼约?怎么啦?……你为什么突然哭起来啦?

　伊尼约　(哭着)因为……噢!噢!因为……

梅丽桑德　为什么呀?……为什么呀?你告诉我……

　伊尼约　好妈妈……好妈妈……您不久要走了……

梅丽桑德　你怎么啦,伊尼约?……我从来不曾想过要走……

　伊尼约　您想过了,您想过了;好爸爸已经走了……好爸爸不回来了,您不久也要走……我看出来了,我看出来了……

梅丽桑德　根本没有这回事,伊尼约……你凭什么看出来我不久要走呢?

　伊尼约　我看出来了……我看出来了……您向叔叔说了些我听不懂的话。

佩利亚斯　他困了……他在做梦……到这儿来,伊尼约;你已经睡着了吗?……到窗口来看看,天鹅同狗在打架……

　伊尼约　(在窗口)噢!噢!天鹅把狗赶走了!……天鹅把它们赶

	走了!……噢!噢!水!……扑着翅膀!……扑着翅膀!……它们怕了……
佩利亚斯	(回到梅丽桑德身边)他困了,他硬撑着不睡,眼睛都睁不开了……
梅丽桑德	(一面捻线,一面低声轻唱)
	圣达尼埃勒,圣米歇勒
	圣米歇勒,圣拉法埃勒
伊尼约	(在窗口)噢!噢!好妈妈!……
梅丽桑德	(突然站起身)怎么啦?伊尼约?……怎么啦,伊尼约?……
伊尼约	我看见窗口那儿有东西……
	〔佩利亚斯与梅丽桑德奔向窗口。
佩利亚斯	什么也没有呀。我没有看见任何东西……
梅丽桑德	我也没有见……
佩利亚斯	你看见那东西在什么地方?在哪一边?……
伊尼约	那边,那边!……现在不在了……
佩利亚斯	他现在自己说什么也弄不清楚了。他可能看见了树梢上的月光,树梢上常会有奇怪的反光……或者是有个什么东西在路上跑过……或者他在睡梦中……您瞧,您瞧,我看他完全睡着了。
伊尼约	(在窗口)好爸爸回来啦!好爸爸回来啦!
佩利亚斯	(走向窗口)他说得对,高洛进了院子……
伊尼约	好爸爸!……好爸爸!……我去接他去!……
	〔伊尼约奔跑而下。静场。
佩利亚斯	他们上楼梯了……
	〔高洛和拿着灯的小伊尼约上。

高洛　你们还在黑暗中等我哪?

伊尼约　我拿来了一盏灯,好妈妈,一盏大灯……(他举起灯,瞧看梅丽桑德)好妈妈,你哭过啦?你哭过啦?……(他把灯移近佩利亚斯面前,也看看他)您也一样,您哭过啦?……好爸爸,你瞧,好爸爸,他俩都哭过了……

高洛　你不要用灯这样照他们的眼睛……

第二场

〔宫中一座塔楼。塔楼窗下是巡道。

梅丽桑德　(在窗口梳理散开的头发)

宫楼入晚弄残妆

长发如波足下流

一头金丝待君理

明月人倚楼

终日盼君君不至

深宫幽苑使人愁

圣达尼埃勒　圣米歇勒

圣米歇勒　圣拉法埃勒

奴家生在拜礼日

午时落地定情由①

〔佩利亚斯从巡道上。

佩利亚斯　嗳嘻！嗳嘻！喂！

梅丽桑德　谁呀？

佩利亚斯　我，我，是我！……你在窗口做什么呢？嘴里唱着歌，像个外乡的小鸟。

梅丽桑德　我在整理头发准备睡觉。

佩利亚斯　是墙上我看到的那东西吗？……我还以为是一束光哩……

梅丽桑德　我打开了窗户，我觉得夜很美……

佩利亚斯　满天星斗，我从来没有见到过像今晚这样多的星星……但月亮还在海面上……不要站在阴影里，梅丽桑德，把身子俯下来一点，让我看看你敞开的头发。

〔梅丽桑德向窗外俯身。

佩利亚斯　噢！梅丽桑德！……噢！你真美丽！……你这样真美丽！……俯下身子！俯下身子！……让我离你再近一些……

梅丽桑德　我已不能靠得再近了……我身体再也弯不下去了……

佩利亚斯　我不能伸得再高了……今晚至少你要把手伸给我……在我离开这里之前……我明天将动身……

梅丽桑德　我不，我不，我不……

佩利亚斯　一定要，一定要；我要走了，明天就动身……把你的手给我，把你的小手放在我的嘴唇上……

---

① 克罗德·德彪西谱的同名歌剧所依据的脚本与此话剧本无大差距，只有这首诗不同。译者比较了这两首诗，觉得歌剧脚本中的诗与剧情更贴切，故选择了歌剧脚本中的这首诗。

梅丽桑德　如果你走,我就不把手给你吻……

佩利亚斯　给我吧,给我吧……

梅丽桑德　你不走了吗?……我看见黑暗中有一朵玫瑰……

佩利亚斯　哪儿?……我只看见越过墙头的柳枝……

梅丽桑德　再下面一点,再下面一点,在花园里;那边,在暗绿丛中。

佩利亚斯　那不是玫瑰……我等一会儿再去看,你先把手伸给我,先把手……

梅丽桑德　唷,唷;……我的身子不能再向下弯了……

佩利亚斯　我的嘴唇够不着你的手……

梅丽桑德　我的身子不能再向下弯了……我快要跌下去了……噢!噢!我的头发从塔楼上落下去了!……

〔当梅丽桑德这样向下俯身时,她的头发忽然一溜,散落在佩利亚斯的头上。

佩利亚斯　噢!噢!这是什么?……你的头发,你的头发垂到我身上来了!……你的全部头发,梅丽桑德,你的全部头发都从塔楼上飘落下来了!……我用手捧着它,我用嘴唇吻着它……我把它抱在怀里,我把它绕在颈上……我今夜再也不松手了……

梅丽桑德　放开!放开!……你会把我弄跌下来的!……

佩利亚斯　不放,不放,不放……我从未见过这样美的头发,梅丽桑德!……你看,你看,它们从这样高的地方垂下来,一直垂到我的心上……细密,柔软,好像是从天上飘落下来的!……我透过你的头发看不见天,你头发上美丽的光泽胜过夜晚的天色!……你看,你看呀,我的双手已经捧不住它们……它们从我手中逃走了,逃到了柳树枝上……

	飞向四面八方……像一只只金色的小鸟在我手中欢跳,雀跃,扑动;它们喜欢我,胜过你喜欢我千百倍!……
梅丽桑德	放开,放开,有人会闯来的……
佩利亚斯	不放,不放,不放,今夜我不放开你……今夜你是我的俘虏,整宵,整宵……
梅丽桑德	佩利亚斯!佩利亚斯!……
佩利亚斯	你再也离不开我了……我吻你的头发,就好像拥抱了你的全身。在你火热的金发里,我不再感到痛苦……你可听见我的吻声?……我的吻沿着千万条金丝飞升,每条金丝要传给你一千个吻,每条金丝还要储存一千个吻,等我不在的时候继续吻你……你瞧,你瞧,我可以松开双手……你瞧,我撒开了双手,但你抛不开我了……

〔宫楼里飞出一群鸽子,在黑夜里绕着他们飞翔。

梅丽桑德	什么东西,佩利亚斯?什么东西绕着我们飞?
佩利亚斯	鸽子从宫楼里飞出来了……我惊动了它们,它们飞起来了……
梅丽桑德	那是我的鸽子,佩利亚斯。——我们离开这儿吧,放开我;鸽子也许不再飞回来了……
佩利亚斯	为什么不飞回来了呢?
梅丽桑德	鸽子在黑暗中要迷失方向……让我抬抬头吧……我听见了脚步声……放开!——是高洛!……我看是高洛来了!……他听见了我们的说话声……
佩利亚斯	等一等!等一等!……你的头发和柳枝缠到一块了……等一等,等一等!……天漆黑……

〔高洛从巡道上。

高洛　您在这儿做什么?

佩利亚斯　我在这儿……我……

高洛　你们都是孩子……梅丽桑德,不要向窗外这样探身,你会跌下来的……你们不知道已经很晚了吗?——快午夜了。——你们不要这样在黑暗中玩耍。——你们都是孩子……(神经质地笑起来)真是孩子!……真是孩子!……

〔高洛与佩利亚斯同下。

第三场

〔宫堡的地下岩洞。

〔高洛和佩利亚斯上。

高洛　当心,走这边,走这边。您从来没有进过这地下岩洞吗?

佩利亚斯　过去来过一次;但在很久以前……

高洛　这些岩洞大得出奇,这是一连串的大岩洞,上帝知道一直通到什么地方。整个宫堡建筑在这些岩洞之上。您闻到这里面有一股死水的臭气吗?——这是我早就想提醒您的。我马上带您去看一座地下小湖,依我看,臭气就是从那儿来的。当心,您在我前面走,让我拿灯给您照亮。我们到了那地方,我就告诉您。(他们继续不声不响地向前走)哎!哎!佩利亚斯!站住!站住!(高洛一把抓住佩利亚斯的胳臂)上帝啊!……您难道看不见吗?再走一步,您就跌进深潭了!……

佩利亚斯　我真没看见呀!……灯没照着我……

高洛　我脚下滑了一下……要不是我抓住您的胳臂……喏,这就是我刚才和您讲起的那死水……您闻到这股泛上来的死水的臭气吗?——让我们走到湖上那块大石头的边上去,您把身体稍稍俯下去一点,您会感到臭气扑面而来。

佩利亚斯　我已经闻到了……好像是坟墓的气味。

高洛　再过去一点,再过去一点……有些日子,宫堡里闻到的全是这股臭气。国王不肯相信臭气就来自这里。应该把这潭死水的石洞堵死。而且也是对这些地下岩洞进行一次检查的时候了。您看到洞壁和顶柱上的那些裂缝了吗? 人们没有料到这里暗中的变化,如果不提防的话,总有一天夜里,整个宫堡会坍下来的。可是有什么办法呢? 谁也不愿意到这下面来看看……许多地方洞壁上都有奇怪的裂缝……噢! 瞧……您闻到泛上来的臭气吗?

佩利亚斯　是呀,我们四周有一股死水的臭气……

高洛　您俯下点身去,不用怕……我拉住您,给我……不,不,不要手……手会滑的……给我胳臂,胳臂……您看见深潭了吗? (慌张地)——佩利亚斯? 佩利亚斯? ……

佩利亚斯　唉,我想我看见了潭底……是灯光这样颤抖吗? 您……
　　〔佩利亚斯抬起身,转过脸来看着高洛。

高洛　(语声颤抖)是,是灯……您瞧,我刚刚晃动灯,为了照照四壁……

佩利亚斯　我在这儿感到憋气……我们出去吧……

高洛　好,我们出去吧……
　　〔默然齐下。

第四场

〔地下岩洞出口处一平台。
〔佩利亚斯与高洛上。

佩利亚斯　啊！我终于透了口气！……在这些地下大岩洞里,刚刚有一阵子,我以为我要受不了了,我差一点没跌下去……里面的空气潮湿而又污浊,憋得人透不过气来;里面漆黑一团,伸手不见五指……现在好了,有了整个大海的全部空气！……瞧,好一阵清风,清新得犹如嫩绿枝头刚刚生出的一片新叶……嘿！平台脚下的花草有人刚刚浇过水,晶莹莹的玫瑰花和绿叶散发出来的清香一直飘到我们面前……大概快到中午了,花草已经被塔楼的影子遮住了……十二点了,我听见了钟声,孩子们下到海滩去洗澡了……我们在地下岩洞里不知不觉地待了这么长时间……

高洛　我们是在将近十一点钟的时候下去的……

佩利亚斯　还要早一点,应该还要早一点,我曾听见钟敲十点半。

高洛　十点半或者十点三刻……

佩利亚斯　宫堡上所有窗户都打开了。今天下午一定异常热……瞧,我们的母亲和梅丽桑德站在塔楼的窗口……

高洛　对,她们躲在背阴的一面。——说起梅丽桑德,昨天发生的事和所说的话,我都耳闻目睹了。那都是些儿戏,这我知道,但今后不要再发生这种事了。梅丽桑德年纪很轻,感情脆弱,特别是她又快要做母亲了,更应当对她有分寸……她身体娇嫩，刚成亲不久，稍动感情就有可能带来不幸。我已不止一次发现你们之间可能有点暧昧关系……您比她年长，跟您说说就行了……尽可能避开她，但要做得自然，做得自然……森林那边路上是什么？

佩利亚斯　是送到城里去的羊群……

高洛　它们像迷途的儿童一样哭泣，好像它们已经闻到了屠夫的气味。——多么晴朗的天！多么好的收麦的日子！……
〔齐下。

第五场

〔宫堡前。
〔高洛和伊尼约上。

高洛　过来，伊尼约，我们坐到这儿来，坐到我膝盖上来。我们从这儿可以看见森林里发生的一切。近来我连你的影儿也见不着了。你连我也不要啦，你总是在好妈妈房里……瞧，我们正好坐在好妈妈的窗下。——她这时可能正在做晚祷告……告诉我，伊尼约，她常常同你叔叔佩利亚斯在一起，是吗？

伊尼约　是的，是的，总在一块儿，好爸爸；当你不在的时候，好爸爸……

高洛　啊！——有人提着灯走过花园。我听说他们并不相爱……好像他们还经常吵架……不是吗？这是真的吗？

伊尼约　嗳，是真的。

高洛　　是真的？——哈！哈！——他们为什么事吵架呢？

伊尼约　为了房门。

高洛　　怎么？为了房门？——你胡说些什么？——听着，你说说清楚，为什么他们为房门吵架？

伊尼约　因为有人不愿意让房门敞着。

高洛　　谁不愿意房门敞着？——讲呀，为什么他们吵架？

伊尼约　我不知道，好爸爸，为了点灯。

高洛　　我不跟你说灯。灯，我们待会儿再说。我跟你说门。我问你什么，你回答什么；你该学会说话了，是时候了……不要这样把手放在嘴上……瞧你……

伊尼约　好爸爸！好爸爸！……我下次不放了……

〔伊尼约哭了。

高洛　　嗳，你为什么哭呀？怎么啦？

伊尼约　噢！噢！好爸爸，您弄痛我了……

高洛　　我弄痛你啦？——什么地方弄痛啦？那是无意的……

伊尼约　这儿，我的小胳臂……

高洛　　这是无意；得了，别哭了，我明天送你样东西……

伊尼约　什么东西，好爸爸？

高洛　　一只箭筒和几支箭，但你要把你所知道的关于门的事儿告诉我。

伊尼约　几支长箭吗？

高洛　　对，对，几支很长的箭。——他们为什么不愿意门敞着呢？——来，你倒回答我的问题呀！——不，不，不要张嘴就哭。我没有生气。我们来平心静气地说话，就像佩利亚斯和好妈妈在一起的时候那样。他们在一起的时候说些什么呢？

伊尼约 佩利亚斯与好妈妈？

高洛 对，他们谈些什么？

伊尼约 谈我，总是谈我。

高洛 他们说你什么？

伊尼约 他们说，我将来一定是高个儿。

高洛 啊！我一生多么不幸！……我在这儿好像是个在海底寻找财宝的盲人！……我在这儿好像是个被遗弃在森林里的初生婴儿，而你们……瞧，伊尼约，我想到其他事情上去了。我们来正正经经地说说。我不在的时候，佩利亚斯和好妈妈从来没有谈起过我吗？

伊尼约 谈起过，谈起过，他们总是谈起您。

高洛 啊！……他们说我什么来着？

伊尼约 他们说，我能长得和您一样高。

高洛 你总是和他们在一块儿吗？

伊尼约 是的，是的，总在他们身边，总在他们身边，好爸爸。

高洛 他们不叫你到别的地方去玩吗？

伊尼约 不，好爸爸。我不在他们身边的时候，他们就害怕。

高洛 他们就害怕？……凭什么你看出他们害怕呢？

伊尼约 好妈妈总是对我说，你不要走开，你不要走开……他们不开心，可是他们还是笑……

高洛 但这不能证明他们害怕呀。

伊尼约 能的，能的，她害怕。

高洛 为什么你说她害怕呢？

伊尼约 他们总是在黑暗中哭泣。

高洛　啊！啊！……

伊尼约　这也会使人流泪的……

高洛　对,对……

伊尼约　她脸色苍白,好爸爸。

高洛　啊！啊！……耐心,我的上帝,耐心……

伊尼约　您说什么,好爸爸?

高洛　没什么,没什么,好孩子。——我看见森林里跑过一条狼。——那么,他们之间相处得很好啦?——知道他们合得来,我很高兴。——他们有时候接吻吗?有没有过?

伊尼约　您问他们接吻吗,好爸爸?——不,不。——噢!有的,好爸爸,有的,有的;每当……每当下雨的时候……

高洛　他们接过吻了吗?——他们怎样,怎样接吻的?

伊尼约　就这样,好爸爸,就这样!……(小伊尼约在高洛嘴上吻了一下,笑)哈!哈!您的胡子,好爸爸!……您的胡子扎人!扎人!您的胡子全都变成灰白了,好爸爸,您的头发也一样,完全成了灰白了,完全成了灰白了……(这时他们头上方的窗户亮了起来,亮光一直照到他们身上)哈!哈!好妈妈把灯点起来了。亮了,好爸爸,亮了。

高洛　对,亮起来了。

伊尼约　我们也到那儿去吧,好爸爸……

高洛　你想去哪儿?

伊尼约　去亮的地方,好爸爸。

高洛　不去,不去,好孩子,我们仍旧坐在暗头里……不知道,还不知道……你看那边的穷苦人,他们设法在森林里点起一小堆篝火,看见了吗?——天下过雨了。那一边,你看那老园丁,他试图抬起被风刮倒、横在路上的那棵树。看见了吗?——他抬不动,树太大了,树太重了,倒在哪儿,就动不了了,一点办法也没有……我看佩利亚斯是疯了……

伊尼约　不,好爸爸,他没有疯,他可好啦。

高洛　想去看好妈妈吗?

伊尼约　想,想,我想去看看她!

高洛　不要作声,我把你举到窗口去。尽管我个子大,窗户对我来说还是太高,我看不见里边……(高洛举起伊尼约)不要出一点声儿,好妈妈会吓坏的……看见她了吗?——她在房间里吗?

伊尼约　在……噢!多亮啊!

高洛　她一个人吗?

伊尼约　是……不,不是,佩利亚斯叔叔也在。

高洛　他!……

伊尼约　哎唷!哎唷!好爸爸!您弄得我好疼呀!……

高洛　不要紧,别说话,我不会再弄痛你了。往里看,往里看,伊尼约!……我刚才没站稳。说话小声点。他们在做什么?

伊尼约　他们什么也不做,好爸爸,他们在等什么。

高洛　他们相互离得很近吗?

伊尼约　不,好爸爸。

高洛　嗯……床呢?他们离床近吗?

伊尼约　床吗,好爸爸?我看不见床?

高洛　小声点,小声点;他们会听出你的。他们在说话吗?

伊尼约　没有,好爸爸,他们没在说话。

高洛　那,他们做什么?——他们总得做点什么吧……

伊尼约 他们瞅着灯。

高洛 两个人都在瞅灯吗?

伊尼约 是的,好爸爸。

高洛 他们什么话也不说吗?

伊尼约 不说,好爸爸。他们连眼睛也不眨。

高洛 他们没有互相走近吗?

伊尼约 没有,好爸爸,他们一动也不动。

高洛 他们是坐着吗?

伊尼约 不是,好爸爸,他们靠墙站着。

高洛 他们一动也不动吗?——他们不互相看吗?——他们没有眉来眼去吗?……

伊尼约 没有,好爸爸。——噢!噢!好爸爸,他们眼都不眨一眨……我害怕极了……

高洛 别出声。他们还是不动吗?

伊尼约 不动,好爸爸。——我害怕,好爸爸,让我下来!

高洛 你怕什么呀?——瞧着!瞧着!

伊尼约 我不敢再看了,好爸爸!……让我下来吧!……

高洛 看!看!

伊尼约 噢!噢!我要叫了,好爸爸!——让我下来!让我下来!……

高洛 来,我们去看看是怎么回事。

〔齐下。

第四幕

第一场

〔宫中一过道。

〔佩利亚斯与梅丽桑德上场,相遇。

佩利亚斯 你去哪儿?今晚我有话要对你说。我能见到你吗?
梅丽桑德 能。
佩利亚斯 我刚从父亲房间里出来。他身体好了些。医生告诉我们他已脱离危险……今天早上我预感到这一天可能不会有好结果。近来我耳朵里总是听到一种不祥的响声……可是突然来了个大的转变,现在只是时间问题了。他房间里的所有窗户都已敞开。他说话了,好像很高兴。他还不能像正常人那样说话,但他神智已经清楚了……他认出了我。他拉起我的手,用他得病以来就有的那种奇怪神情对我说:"是你吗,佩利亚斯?瞧,瞧,我过去从来没注意到,你的面容庄重而和善,就像那些活不久长的人一样……应该出去旅行旅行,应该出去旅行旅行……"这些话真奇怪。我要照他的话去做……我母亲听着他讲,高兴得直流眼泪。——你没有发觉吗?——整个王宫好像苏醒过来了,人人感到松了口气,到处是,说话的声音,走动的声音……听,我听见这门后有人说话。快,快,快回答我,我在什么地方见你?

梅丽桑德　你愿意在哪儿?

佩利亚斯　花园里,盲人泉附近,好吗?——你愿意吗?——你来吗?

梅丽桑德　来。

佩利亚斯　这将是最后一晚。我要按父亲的吩咐出去旅行。你再也见不到我……

梅丽桑德　不要这么说,佩利亚斯……我总会见到你的,我要永远盼着你……

佩利亚斯　你徒然望穿秋水……我去的地方是如此之远,你再也不能见到我了……我要尽量走得很远很远……我是满心的欢喜,好像整个天地的重量都压在我身上。

梅丽桑德　发生什么事啦,佩利亚斯?——你说的话是什么意思,我不明白……

佩利亚斯　你走吧,你走吧,我们分手吧。我听到这扇门后面有人说话……那是些今天早上来到宫堡的外国人……他们就要出来了……我们走吧,那是些外国人……

〔佩利亚斯、梅丽桑德分别下。

第二场

〔宫中一内室。

〔幕启时场上有阿凯勒和梅丽桑德。

阿凯勒 现在,佩利亚斯的父亲得救了,现在疾病这位死神的老仆人,已经离开了宫堡,家中终于又有点儿欢乐和阳光了……早就是时候了!——因为自从你来到宫堡里,生活在这儿的人们总是围着一间关着门的卧房窃窃私语……真的,我很可怜你,梅丽桑德……你高高兴兴来到这里,就如同盼着过节的孩子一样,但当你走进前厅时,我就看见你的脸色变了,可能心灵也变了,就好像人们中午走进一个过于阴冷的岩洞时不由自主地脸要变色一样……从那以后,由于这一切,我常常不理解你……我观察你,你生活在这里,也许无忧无虑,但是,你的神情奇异,神思恍惚,像一个总是在阳光下,在美丽的花园里等待大祸降临的人一样……我不得其解……但看到你这样我很伤心,因为你太年轻又太美貌了,不该日日夜夜生活在死气沉沉的环境里……而今这一切要变了。在我这年纪——这也许是我一生最可靠的经验——在我这年纪,我已确信能对事件做出准确的判断。而且我总是看到,凡是年轻美貌的人总在自己周围造成一些新鲜、美好、幸福的局面……现在将由你,由你打开我所隐约看到的新纪元的大门……到这儿来,为什么你站在那里,既不抬头也不回答？——至今，我只在你来的那天拥抱过你一次。但老人有时候需要用嘴唇去碰一碰女人的额头或孩子的面颊，为了对生命的活力不失去信心，并暂时躲一躲死亡的威胁。你害怕我这两片衰老的嘴唇吗？这几个月来，我多么可怜你呀！……

梅丽桑德　爷爷，我没有感到不幸福……

阿凯勒　也许你是那种自己不幸而不自知的人……让我这样贴得近近地看你一会儿……临近死亡的人有这样一种美的需要……

〔高洛上。

高洛　佩利亚斯今晚动身。

阿凯勒　你额头上有血。——你怎么啦？

高洛　没什么，没什么……我从一排荆棘穿过来的……

梅丽桑德　把头低下来一点，亲王……我来替您擦一擦额头……

高洛　（推开她）我不要你碰我，听见吗？走开，走开！——我不跟你说话。——我的剑在哪儿？——我是来取我的剑的……

梅丽桑德　这儿，在拜垫上。

高洛　给我拿过来。（向阿凯勒）刚刚在海边又发现一个饿死的农民。好像他们大家都存心死在我们面前。（向梅丽桑德）嗯，我的剑呢？——您为什么这样发抖？我不会杀您的。我只是想检查一下剑刃。我的剑不会用在这种事上的。您为什么把我当作一个穷人那样上下打量？——我不是来向您乞求施舍的。您希望从我的眼里看出我的心思，而不让我从您的眼里发现什么，是这样吗？有些事我已经知道了,您信不信?——(向阿凯勒)您看见她这双大眼睛了吗?——这双大眼睛好像为自己的纯洁而感到骄傲哩……您愿意告诉我您从这双大眼睛里看见什么了吗?……

阿凯勒　我从中只看到无限的天真无邪……

高洛　无限的天真无邪!……她那双眼睛比天真无邪还要天真无邪,比羔羊的眼睛还要纯洁!……简直可以教上帝怎样才能天真无邪了!无限的天真无邪!听着:我离这双眼睛如此之近,它只要一眨我就能感觉到眼睫毛掀起的清风。然而,冥界中的重大奥秘,对我来说倒还不是莫不可及,而这双眼里最微小的秘密我却难以知晓……无限的天真无邪!超过了天真无邪了!好像天使们在这天真无邪的境界里整天在山涧清水里沐浴一般!……我了解这双眼睛!我见过它如何施展魅力!……闭上它吧!闭上它吧!否则,我就使它闭上再也张不开……不要像这样把右手放在喉咙上,我说一件很简单的事……我没有不可告人的思想……如果我有,我为什么不说呢?啊!啊!——您别想躲开!——这儿来!——把您的手给我!——啊!您的手心滚烫……滚开!您的肉体使我生厌!……这儿来!——现在躲也躲不开了!——(高洛一把揪住梅丽桑德的头发)——您跪着跟我走!——跪下!——在我面前跪下!——哈!哈!您的长发终于用上了!……向右,再向左!——向左,再向右!——臭婊子!臭婊子!——向前!向后!一直趴到地上!一直趴到地上!……您瞧,您瞧,我笑起来已经像个老头……

阿凯勒　　（赶来）高洛！……

高洛　　（突然假装镇静）好了，您喜欢怎么做就怎么做吧。——我对此毫不介意。——我年纪太老，再说，我又不是个暗探。我候着有机会碰上，那时候……噢！那时候！……就干脆，因为谁都是这样做的；只因为谁都是这样做的……

〔高洛下。

阿凯勒　　他怎么啦？——他醉啦是不是？

梅丽桑德　　（流着眼泪）不是，不是，他不再爱我了……我不幸啊！……我不幸啊！……

阿凯勒　　如果我是上帝，我会怜悯人们的心的……

第三场

〔宫堡上一平台。

〔幕启时小伊尼约在试图抬起一块大石头。

小伊尼约　　噢！这块石头真重！……比我人还重……比什么都重……我的金球掉进了岩石和这块该死的石头之间，我看得见但够不着……我的小胳臂不够长……而这块石头又搬不动……我搬不动……谁也搬不动……这块石头比整个王宫还重……好像在地上生了根一样……（远处传来羊群的咩咩声）——噢！噢！我听见羊儿的哭声……（他到平台边上去张望）瞧！太阳落山了……羊儿来了，来了……真多！……真多！羊儿怕黑……它们紧紧地挤在一起！……它们几乎走不动了……它们在哭！它们在哭！但它们走得很快！……它们已经走到交叉路口。哈！哈！它们不知往哪儿走了……它们不再哭了……它们等着……有的羊想向右拐，所有的羊都想向右拐……它们拐不了！……牧羊人用土块砸它们……哈！哈！它们要从这儿经过……它们真听话！它们真听话！它们要从平台下面经过，它们要从岩石下面经过……我要仔细看看羊儿……噢！噢！羊儿真多！……真多！……路上都满了……现在都不叫了……羊倌！羊倌！羊儿为什么不叫了？

牧羊人 （在幕后）因为这不是回羊栏的那条路……

小伊尼约 它们去什么地方呀？——羊倌！羊倌！——它们去什么地方呀？——他听不见我了。羊儿已经走得太远了……它们走得真快……它们不再咩咩叫……这不再是回羊栏的那条路……今天夜里它们到什么地方去睡觉呢？——噢！——噢！——天太黑了……我去找个人说说话儿……（下）

第四场

〔花园中一清泉池。

〔佩利亚斯上。

佩利亚斯 这是最后一个夜晚……最后一个夜晚……一切都该结束了……我曾像个孩子在一个没有料到的东西周围玩耍……我在梦中围着命运设下的陷阱玩耍……是谁突然

唤醒了我呢？我要逃跑,同时发出又快乐又痛苦的叫喊,像个盲人逃离自己熊熊燃烧的房屋时那样……我要告诉她我即将逃走……我的父亲已脱离危险,我也没有什么好自己欺骗自己的了……很晚了,她还没来……我最好是不见她就离开这里……这次我一定要好好看看她……有些事情我已记不起来,有时候就好像已经有一百多年没有见到她了……我还没有看过她的目光……如果我就这样走了,我就一无所获……而所有这些回忆……就好像我用轻纱的袋子装走一点点水……我一定要最后看她一次,一直看到她的心灵深处……我过去没有说的话,我一定要对她全部说了……

〔梅丽桑德上。

梅丽桑德　佩利亚斯！

佩利亚斯　梅丽桑德！——是你吗,梅丽桑德？

梅丽桑德　是我。

佩利亚斯　到这儿来:不要待在月光下面。——到这儿来。我们有那么多的话儿要说……到这儿来,到菩提树的阴影下面来。

梅丽桑德　让我待在月光下……

佩利亚斯　人家会从塔楼的窗户里看见我们的。到这儿来,这儿我们就什么也不用害怕了。——当心,人家会看见我们的……

梅丽桑德　我要让人家看见我……

佩利亚斯　你怎么啦？——你出来没有被发现吧？

梅丽桑德　没有,您哥哥睡了……

佩利亚斯	现在很晚了,宫门过一小时就要关闭。要当心点。你为什么这么晚才来?
梅丽桑德	您哥哥做了个噩梦,后来我的长袍被门钉钩住了,瞧,长袍扯破了。我耽误了这么多时间,因此我是奔来的……
佩利亚斯	可怜的梅丽桑德!……我简直不敢碰你一碰……你还气喘吁吁,像只被追逐的小鸟……你做这一切都是为了我,为了我吗?我听见你的心在跳,就好像是听到我自己的心跳一样……到这儿来……靠我近点,再靠我近点……
梅丽桑德	您为什么笑?
佩利亚斯	我没有笑,要么是我不知不觉地高兴得笑起来了……还不如说该哭一场……
梅丽桑德	很久之前我们到这儿来过……我记得……
佩利亚斯	对……对……有好几个月了——那时,我不知道……你知道我为什么今晚要你到这儿来吗?
梅丽桑德	不知道。
佩利亚斯	这可能是我最后一次见你了……我不得不离开这儿,一去不复返……
梅丽桑德	为什么你总是说你要离开这儿?……
佩利亚斯	我应该跟你说你已经知道的事吗?——你不知道我要跟你说什么吗?
梅丽桑德	不知道,不知道,我什么也不知道……
佩利亚斯	你不知道我为什么要远去他乡……(佩利亚斯突然抱住梅丽桑德,吻她)我爱你……
梅丽桑德	(低声地)我也爱你……
佩利亚斯	噢!你说什么,梅丽桑德!……我几乎没有听见!我们

已经用烧红的烙铁破了冰！……你说这话的声调好像来自世界的尽头！……我几乎没有听见你的声音……你爱我吗？——你也爱我吗？……你从什么时候起爱上我的？

梅丽桑德　一直爱你……自从见到了你……

佩利亚斯　噢！你这话说得真好！……你的声音好像已经越过春天的大海！……我至今从未听到过这种声音……它像天上的甘露洒在我心田！你这话说得多坦率！……就像一个人们求教于他的天使！……我不能相信，梅丽桑德！……为什么你会爱我呢？——你为什么爱我呢？——你说的是真话？——你不骗我？——为了使我高兴，你没有说一点儿谎？……

梅丽桑德　没有，我从来不说谎，我只对你哥哥说谎……

佩利亚斯　噢！你这话说得真好！……你的声音！你的声音……比水还要清澈，比水还要爽朗！……好像是清水滴在我的嘴唇上！……好像是清水洒在我的手心……把你的手给我，给我……噢！你这双手多么娇小！……我不知道你是这样的美貌！……在你以前我从未见过像你这样的美女……我焦急不安，我在宫中到处寻找……我在乡间到处寻找……我没有找到美女……而现在我找到了！……我找到了！……我不相信世界上还有更美的女子！……你在什么地方？——我听不见你呼吸的声音了……

梅丽桑德　因为我在看你……

佩利亚斯　你为什么这么严肃地看着我？——我们已经在阴影里。——这棵树下太黑了。到亮的地方来。我们不能看

	见我们是多么幸福。来,来,我们剩下的时间不多了……
梅丽桑德	不,不,我们就待在这儿……在黑暗中我离你更近……
佩利亚斯	你的眼睛看哪儿?——在没在想我。——你不会躲避我吧?
梅丽桑德	想的,想的,我只想到你……
佩利亚斯	你在看别的地方……
梅丽桑德	我看见你在别的地方……
佩利亚斯	你在想其他事情……你怎么啦?——你好像不高兴似的……
梅丽桑德	不,不,我高兴的,但又感到忧伤……
佩利亚斯	人恋爱的时候常常会忧伤的……
梅丽桑德	当我想到你的时候,我总是哭……
佩利亚斯	我也一样……我也一样,梅丽桑德……我紧靠在你的身旁,我高兴得流下了眼泪,但是……(又吻她一下)——当我这样吻你时,你的神色很奇怪……你是这样的美貌,好像你快要死了一样……
梅丽桑德	你也一样……
佩利亚斯	瞧,瞧……我们想做的,没有做……我第一次见到你时并没爱上你……
梅丽桑德	我也没有……我当时害怕……
佩利亚斯	我不敢瞧着你的眼睛……我想立即走开……后来……
梅丽桑德	我呢,我原来不愿意来……我现在也不知道为什么,我当时怕来……
佩利亚斯	有许多事情,你永远也弄不明白……我们一直在等待,后来……什么声音?——关宫门了!……

梅丽桑德	对，宫门关上了……
佩利亚斯	我们进不去了！——你听，上锁的声音！——你听！你听！……大铁链的声音！……来不及了！来不及了！……
梅丽桑德	好极了！好极了！好极了！
佩利亚斯	你？……现在，现在！……不由得我们做主了！……一切都完了，一切都有救了！今晚一切都有救了！——来呀！来呀……我的心在疯狂地跳动，快要跳出喉咙了……（他搂住她）你听！你听！我的心跳得我快透不过气来了……来呀！来呀！……啊！黑暗中这多美好啊！……
梅丽桑德	我们背后有人！……
佩利亚斯	我没有看见有人……
梅丽桑德	我听见有脚步声……
佩利亚斯	我在黑暗中只听见你的心跳……
梅丽桑德	我听见了脚踩枯叶的沙沙声……
佩利亚斯	是风骤然停止了呼啸……我们吻抱的时候风息了……
梅丽桑德	今晚我们的身影多么修长！……
佩利亚斯	我们的影儿搂在一起，一直投到花园尽头……噢！让我们的影儿离我们远远地互相拥抱吧！……你看！你看！……
梅丽桑德	（压低嗓子）啊！——他藏在一棵树后面！
佩利亚斯	谁呀？
梅丽桑德	高洛！
佩利亚斯	高洛？——在什么地方？——我什么也没看见……
梅丽桑德	在那儿，就在我们影子的头上……

佩利亚斯	对，对，我看见了……我们不要突然转过身去……
梅丽桑德	他手中有剑。
佩利亚斯	我没有带剑……
梅丽桑德	我们吻抱让他看见了。
佩利亚斯	他不知道我们已经看见他了……不要动，不要转过头去……他可能冲过来……在他认为我们不知道他在的时候，他在那儿不会动的……他在观察我们……他还没有动……你走，你立即从这边走开……我等着他……我拦住他……
梅丽桑德	不，不，不！……
佩利亚斯	你走！你走！他都看见了！……他会杀死我们的！
梅丽桑德	才好呢！那才好呢！那才好呢！……
佩利亚斯	他来了！他来了！……别说话！……别说话！……
梅丽桑德	对！……对！……对！……

〔两人狂吻。

佩利亚斯	噢！噢！天上所有的星星都落下来了！……
梅丽桑德	也落到我身上了！……也落到我身上了！……
佩利亚斯	再吻一下！再吻一下！……给，给我一个吻！……
梅丽桑德	全部都给你！全部！全部！

〔高洛提着剑向他们冲过来，一剑把佩利亚斯刺倒在清泉旁边。梅丽桑德吓得逃走。

梅丽桑德	（一面逃一面喊）噢！噢！我没有勇气！……我没有勇气！……

〔高洛穿过树林，不声不响地追赶她。

第五幕

第一场

〔宫中一间矮厅。

〔幕启时女仆们聚在一起,厅外孩子们在厅的一气窗前玩耍。

一年老女仆 你们会看见的,你们会看见的,姑娘们,就在今天晚上。——过一会儿人家会来告诉我们的……

女仆甲 他们做的事自己也不清楚了……

女仆乙 我们在这儿等吧……

女仆丙 我们会知道什么时候该上楼的……

女仆丁 时辰一到,我们自己上楼去……

女仆戊 宫里一点声音都没有……

女仆己 应该叫在气窗外面玩的孩子们不要出声。

女仆庚 过一会儿他们会自己停止吵嚷的。

女仆辛 时辰还没有到……

〔一位老年女仆上。

老女仆　谁也不让进房间了。我听壁脚听了一个多小时,连苍蝇在门上爬的声音都听得见……可我什么也没有听到……

女仆甲　就让她一个人在房间里吗?

老女仆　不,不,我想房间里全是人。

女仆甲　等一会儿会有人来的,会有人来的……

老女仆　我的上帝!我的上帝!宫中降临的可不是福……人不能说话,要是我能够把我知道的说出来……

女仆乙　是你在门口发现他们的吗?

老女仆　当然是,当然是,是我发现他们的。门丁说是他先看见的,而他还是我叫醒的哩。他趴在床上睡,不肯起来。——而他现在却来说:"是我先看见的。"这公平吗?你们瞧,我为了点灯下地窖把手都烫了。——我到地窖去干什么来着?——我想不起来了。——反正我五点钟起身,当时天还没有大亮。我心里想,我穿过院子,然后去开门。好,我就踮起脚轻轻走下楼梯,并打开大门,像平常开门一样……我的上帝!我的上帝!我看见什么啦!你们猜猜,我看见什么啦!……

女仆甲　他们在门口,是吗?

老女仆　他俩都躺在门口!……和挨饿的穷苦人一模一样!……他们紧紧挨着,就像胆小的小孩互相靠着似的……小公主已经奄奄一息,大高洛身边还放着他的剑……门槛上有血……

女仆乙　让孩子们别嚷了……他们在气窗前面拼命喊叫……

女仆丙 说话也听不见了……

女仆丁 一点办法也没有，我已经试过了，他们不肯安静……

女仆甲 据说他差不多已经恢复健康了，是吗？

老女仆 谁？

女仆甲 大高洛。

女仆丙 对，对，人家把他搀到他妻子的房里去了。刚刚我在过道里遇见了他们。有人扶着他，好像他喝醉酒了一样。他还不能一个人自己走路。

老女仆 他自杀没有成功，他太大了。但她几乎没有受伤，但就要死的却是她……这你们理解吗？

女仆甲 您看见伤口了吗？

老女仆 就像现在我看见您一样，姑娘。——我什么都看见了，您懂吗……我比所有人都先见到她……她的左乳房下面有一丁点儿伤。这点儿伤在鸽子身上也死不了。这正常吗？

女仆甲 对，对，这里面有文章哩……

女仆乙 对，她三天前生了个孩子……

老女仆 就是嘛！……她临死前生孩子，这不是个凶兆吗？——什么样的孩子哟！你们见过吗？——穷人也不愿意养的一个小不点儿的女孩子……生得太早了，小脸蛋儿像蜡一般……要用羊羔皮裹着才活的了……是的，是的，降临宫中的不是福……

女仆甲 对，对，是上帝的手拨弄的……

女仆丙 就如同好王爷佩利亚斯一样……他现在在什么地方？——谁也不知道……

老女仆	知道，知道，人人都知道……但谁也不敢讲……不讲这个……不讲那个……什么也不讲了……真话也不讲了……但我，我知道有人在盲人泉池底里找到了他……可是任何人，任何人都不能见他……喏，喏，只有到最后一天全部真相才会大白……
女仆甲	我不敢在这儿睡觉了……
老女仆	宫中遭了灾难，不说话也无用……
女仆丙	灾难还会找上您……
女仆甲	现在他们害怕我们……
女仆乙	他们大家都一声不吭……
女仆丙	他们在过道里走路低着头。
女仆丁	他们压低了嗓门说话。
女仆戊	好像这罪恶是他们大家一起犯的……
女仆己	不知他们干了什么……
女仆庚	主子害怕，该怎么办呢？……
	〔静场。
女仆甲	我听不见孩子叫喊了。
女仆乙	他们在气窗前面坐了下来。
女仆丙	他们紧紧地一个挨着一个。
老女仆	我听不见宫中有任何声音……
女仆甲	甚至连孩子喘气声也听不见了……
老女仆	你们来，你们来，该是上楼去的时候了……
	〔所有女仆不声不响下。

第二场

〔宫中一内室。

〔幕启时,阿凯勒、高洛和医生在房中一隅。梅丽桑德躺在自己床上。

医生　她就要死了,但不是因为这小小的创伤,一只小鸟也不会因这样的伤而死亡……所以杀死她的并不是您,我的好王爷,您不用这样伤心……她本来就活不了的……她出生得莫名其妙……是为了死,她也死得莫名其妙……此外,也没肯定说我们救不活她……

阿凯勒　不,不;我觉得,我们在她的房间里不由自主地都过于沉默不语了……这不是好的征兆……你们看她睡得多好……慢悠悠地,慢悠悠地……好像她的心永远冷却了……

高洛　我无缘无故地杀人!这种事连木人石心也会流泪的呀!……他们像小孩子一样拥抱……仅仅是拥抱而已……他们本来就是兄妹……而我,我就立刻……我那样做是违背心意的……你们知道吗……我那样做是违背心意的……

医生　注意,我看她醒了……

梅丽桑德　把窗户打开……把窗户打开……

阿凯勒　你愿意我打开这扇窗户吗,梅丽桑德?

梅丽桑德　不是的,不是的,那扇大窗户……我要看……

阿凯勒　今晚的海风不太凉吧?

医生　开吧，开吧……

梅丽桑德　谢谢，太阳落山了吗？

阿凯勒　是的，太阳落到海面上了；现在天色已晚。——你感觉怎样，梅丽桑德？

梅丽桑德　好，好。——为什么您问这个？我身体从未像现在这样好过。但，我好像明白了一些事儿……

阿凯勒　你说什么？——我不懂你的意思……

梅丽桑德　我自己说的什么，我也弄不懂。您看……我不知道自己说的是什么……我不晓得自己知道什么……我想说的再也说不出来了……

阿凯勒　你说的对的，你说的对的……听见你这样说着，我非常高兴；这两天你说过一些胡话，听不懂你说的什么意思，但现在这一切已成为遥远的过去了……

梅丽桑德　我不知道……您是一个人在我房里吗，爷爷？

阿凯勒　不，还有医好你的病的医生……

梅丽桑德　啊……

阿凯勒　而且还有一个人……

梅丽桑德　是谁呀？

阿凯勒　是……你不要害怕……他对你毫无恶意，你放心……如果你害怕，他就会走的……他现在很可怜……

梅丽桑德　是谁呀？

阿凯勒　是……是你的丈夫……是高洛……

梅丽桑德　高洛在这里？为什么他不走近我？

高洛　（慢慢地走向床边）梅丽桑德……梅丽桑德……

梅丽桑德　是您吗，高洛？我几乎认不出您来了……因为夕阳照着

　　　　　我的眼睛……为什么您看着墙壁呢？您瘦了，也苍老了……我们很久没有见面了吧？

高洛　（向阿凯勒和医生）请你们离开一会儿好吗？我可怜的朋友们……我让门敞开着……一会儿就够了……我想跟她说几句话，否则，我将死不瞑目……你们愿意吗？——请你们到过道尽头去，你们可以很快返回来……请不要拒绝我的这个要求……我是个不幸的人……（阿凯勒和医生下）——梅丽桑德，你像我可怜你那样可怜我吗？……梅丽桑德？……你原谅我吗，梅丽桑德？

梅丽桑德　对，对，我原谅你……有什么好原谅的呢？

高洛　我使你受了这么多的痛苦，梅丽桑德……我无法对你说出我给你造成的伤害……但，我看到了，今天我是清清楚楚地看到了……从第一天起……至今我所不明白的事，今晚都一清二楚了……已经发生的，将要发生的，一切的一切，都是我的错……要是我说得出来，以后你会知道我现在是看得多么清楚！……我看清了一切，我看清了一切！……我是那样地爱你！……我太爱你了！……现在有人快要死了……快要死的是我……我想知道……我想问你……你不会怨恨我吧？……我想……应该对一个快要死的人说真话……应该让他知道真情，否则，他死也不瞑目……你发誓说真话吗？

梅丽桑德　我发誓。

高洛　你是否爱上了佩利亚斯？

梅丽桑德　对，我爱上了他。他现在在什么地方？

高洛　你不懂我的意思吗？——你不想懂我的意思吗？——我觉得……我觉得……好，是这样：我问你是否曾经和他偷情？……你是否……你们是否有过不正当的行为？说，说，有过吗？有过吗？有过吗？

梅丽桑德　没有，没有，我们不曾有过不正当的行为……为什么您问这个？

高洛　梅丽桑德！……看在上帝面上，请你对我说真话！

梅丽桑德　为什么？我难道没有说真话吗？

高洛　在临死的时候，不要再这样撒谎了！

梅丽桑德　谁快要死啦？——是我吗？

高洛　是你，是你！是我，也是我，在你之后！……我们应该说真话……我们最后应该说真话，听见吗？把一切都告诉我！把一切都告诉我！我全都原谅你……

梅丽桑德　为什么我要死呢？——我本来不知道……

高洛　你现在知道了！……是时候了！是时候了！……快讲！快讲！……真话！真话！……

梅丽桑德　真话……真话……

高洛　你在哪儿？梅丽桑德！你在哪儿？这不合常情呀！梅丽桑德！你在哪儿？你到哪里去啦？（看见阿凯勒和医生出现在房门口）——对，对，你们可以进来了……我什么也不知道，我白问了一番……太晚了，她已经离我们太远……我永远也不会知道！……我会像瞎子一样死在这里！……

阿凯勒　您干了什么啦？您会把她逼死的……

高洛　我已经把她逼死了……

阿凯勒　　梅丽桑德……

梅丽桑德　　是您吗，爷爷？

阿凯勒　　是我，我的姑娘……你要我做什么？

梅丽桑德　　真是冬天开始了吗？

阿凯勒　　为什么你问这个？

梅丽桑德　　因为天冷了，因为树叶落光了……

阿凯勒　　你冷吗？——你要关上窗户吗？

梅丽桑德　　不，不……在太阳落到海底之前，不要关——太阳慢悠悠地落下去……那么是冬天开始了吗？

阿凯勒　　对。——你不喜欢冬天吗？

梅丽桑德　　噢！不喜欢！……我害怕寒冷。——啊！我害怕严寒……

阿凯勒　　你觉得好一些吗？

梅丽桑德　　是的，是的；所有那些忧虑我都没有了……

阿凯勒　　你可想看看你的孩子？

梅丽桑德　　哪个孩子？

阿凯勒　　你的孩子。——你做妈妈了……你生了一个小女儿……

梅丽桑德　　她在什么地方？

阿凯勒　　这里……

梅丽桑德　　奇怪……我没法抬起胳臂来抱她……

阿凯勒　　因为你身体还很虚弱……我来亲自抱着她，你看……

梅丽桑德　　她不笑……她很小……她也会哭的……我可怜她……

〔宫中的女仆渐渐拥进房间，不声不响沿墙边立着等待。

高洛　　（骤然站起身来）出什么事呀？——所有这些女人都来这里干什么？

医生　她们是女仆……

阿凯勒　谁叫她们来的？

医生　不是我……

高洛　你们为什么到这里来？——没有人叫你们来……你们来这里做什么？——这是怎么回事呀？——回答呀！

〔女仆们不回答。

阿凯勒　说话声音不要太大……她快睡了，眼睛已经合上……

高洛　这不是？……

医生　不是，不是，瞧，她呼吸呢……

阿凯勒　她的眼里噙满了泪水。——现在是她的灵魂在哭……为什么她这样伸着胳臂？——她要什么？

医生　无疑是要孩子。这是母亲对死亡的挣扎……

高洛　在这时候？——在这时候？——应该说出来，您说呀！您说呀！

医生　也许……

高洛　马上？……噢！噢！我要同她说话……梅丽桑德！梅丽桑德！……你们都离开这儿，让我单独和她在一起！……

阿凯勒　不行，不行，不要走过来……不要打搅她……不要再同她说话……您不知道灵魂是怎么回事……

高洛　她闭眼睛了……

阿凯勒　注意……注意……应该低声说话。——不应该再使她不安……人的灵魂是很安静的……人的灵魂喜欢单独离开人世……她受苦都怕人知道……可是悲伤，高洛……可是我们所目睹的这一切的悲伤！噢！噢！噢！

〔这时，所有的女仆突然在房间尽头跪下。

阿凯勒　（转过身来）怎么啦？

医生　（走到床边，摸摸梅丽桑德的身体）她们没弄错。

〔长时间的静场。

阿凯勒　我什么也没有看见。——肯定吗？

医生　肯定，肯定。

阿凯勒　我什么也没有听见……好快，好快……突然……她什么也没有说就去了……

高洛　（抽泣）噢！噢！噢！

阿凯勒　您不要待在这里，高洛……她现在需要安静……您来，您来……这太可怕了，但这不是您的过错……这个小生命活着的时候多么安宁，多么羞怯，多么娴静……同大家一样，她是一个难以理解的可怜的小生命……她活着，就像她孩子的大姐一样……您来，您来……我的上帝呀！我的上帝呀！……我什么也不会明白……我们不要待在这里。——来，孩子不应该待在这间房里……现在孩子应该代替她的母亲活下去……该轮着这可怜的小姑娘了……

〔默然齐下。

图书在版编目(CIP)数据

青鸟／（比）梅特林克（Maeterlinck,A.）著；李畅,张裕禾译.
－北京：北京燕山出版社,2013.1（2019.1重印）
ISBN 978-7-5402-3045-6

Ⅰ.①青… Ⅱ.①梅…②李…③张… Ⅲ.①童话-比利时-现代
Ⅳ.①I564.88

中国版本图书馆 CIP 数据核字（2012）第 317114 号

青　鸟

［比］梅特林克 著
李　畅　张裕禾 译
责任编辑／张红梅　张　芸
装帧设计／小　贾　张　佳

北京燕山出版社出版发行
北京市丰台区东铁营苇子坑路138号嘉城商务中心C座　邮编100079
全国新华书店经销
三河市北燕印装有限公司印刷

开本 915×1220　1/32　印张 6　字数 135,000
2014年8月第2版　2019年1月第7次印刷

定价：18.00元

版权所有　盗版必究